Pablo Neruda esencial

Poesía, prosa, correspondencia y discursos parlamentarios

SERIE ROJA

ALFAGUARA

© 2007, Floridor Pérez
© De esta edición:
2007, Aguilar Chilena de Ediciones S.A.
Dr. Aníbal Ariztía 1444, Providencia,
Santiago de Chile.

- **Aguilar, Altea, Taurus, Alfaguara S.A. de Ediciones**
  Av. Leandro N. Alem 720, C1001 AAP, Buenos Aires, Argentina.
- **Santillana de Ediciones S.A.**
  Avda. Arce 2333, entre Rosendo Gutiérrez y Belisario Salinas, La Paz, Bolivia.
- **Distribuidora y Editora Aguilar, Altea, Taurus, Alfaguara S.A.**
  Calle 80 Núm. 10-23, Santafé de Bogotá, Colombia.
- **Santillana S.A.**
  Avda. Eloy Alfaro 2277, y 6 de Diciembre, Quito, Ecuador.
- **Grupo Santillana de Ediciones S.L.**
  Torrelaguna 60, 28043 Madrid, España
- **Santillana Publishing Company Inc.**
  2043 N.W. 87th Avenue, 33172, Miami, Fl., EE.UU.
- **Aguilar, Altea, Taurus, Alfaguara S.A. de C.V.**
  Avda. Universidad 767, Colonia del Valle, México D.F. 03100.
- **Santillana S.A.**
  Avda. Venezuela N° 276, e/Mcal. López y España, Asunción, Paraguay.
- **Santillana S.A.**
  Avda. San Felipe 731, Jesús María, Lima, Perú.
- **Ediciones Santillana S.A.**
  Constitución 1889, 11800 Montevideo, Uruguay.
- **Editorial Santillana S.A.**
  Avda. Rómulo Gallegos, Edif. Zulia 1° piso, Boleita Nte., 1071, Caracas, Venezuela.

ISBN: 978-956-239-507-6
Inscripción N° 73.798
Impreso en Chile/Printed in Chile
Primera edición: mayo 2007

© Fotos: Archivos Fundación Pablo Neruda y Bernardo Reyes. Derechos reservados.

Pablo Neruda esencial

Poesía, prosa, correspondencia y discursos parlamentarios

Selección, prólogo, cronología y notas de
Floridor Pérez

SERIE ROJA

ALFAGUARA

Índice

5

II. Prosa*

_____

* Por su naturaleza o extensión, algunos de estos textos se han fragmentado, y otros se han dividido en dos o más subtemas, claramente señalados en cada caso.

III. Correspondencia

IV. Discursos parlamentarios

V. Cronología, o una biografía por armar

Explico algunas cosas

Por Floridor Pérez

> *Un libro,*
> *un libro lleno*
> *de contactos humanos...*
> Neruda*

Vida y obra

«Vida y obra» es una expresión recurrente en los estudios literarios, aunque en ciertos casos –y el de Neruda es uno de ellos– ambas se dan tan unidas, que toda separación parece artificial. Él lo explica con más gracia: «Si ustedes me preguntan qué es mi poesía, debo decirles: no sé; pero si le preguntan a mi poesía, ella les dirá quién soy yo».

Saber quién es Pablo Neruda implica descubrir a un protagonista del siglo XX, a un chileno que representó al país en el extranjero y a un ciudadano que representó al Norte Grande en el Senado de la República, el que incluso llegó a ser precandidato a Presidente de Chile. Y fue todo eso sin dejar de ser el autor de casi medio centenar de libros, los que le valieron a la cultura chilena obtener su segundo Premio Nobel de Literatura.

---

* «Oda al libro» (II).

Saber qué es su poesía, cómo es, descifrar sus posibles sentidos, puede motivar desde una simple pregunta de la Prueba de Selección Universitaria (PSU) hasta complejas investigaciones académicas, tesis de licenciatura, magíster, doctorados, incontables estudios críticos, simposios internacionales.

Naturalmente, existe otra lectura, personal y libre, no centrada en la vida del autor ni en la estructura de su obra, sino en los sentimientos, emociones y afectos que los textos despiertan en cada persona. En el caso de Neruda, coincidió pronto el interés de los críticos y del público, convirtiendo a *Veinte poemas de amor y una canción desesperada* en el libro más divulgado de la poesía chilena: poco antes de morir, el autor recibió su 17ª edición, con la que completaba dos millones de ejemplares.

Lo esencial

En la actualidad, los cinco volúmenes de sus *Obras Completas** bordean las seis mil páginas, sin contar prólogos, introducciones, notas ni índices. Más de la mitad corresponde a su poesía. El resto incluye una novela, sus memorias, ensayos, cartas privadas y públicas, prosa literaria y periodística, homenajes y polémicas, prólogos a libros de otros autores, discursos literarios y políticos.

¿Qué se puede considerar «esencial» en una obra tan extensa?

---

* Pablo Neruda: *Obras Completas*. Edición de Hernán Loyola ("con asesoramiento de Saúl Yurkievich"). Galaxia Gutenberg / Círculo de Lectores, Barcelona, 1999.

Para este libro –que se propone facilitar una lectura parcial pero representativa a un público culto no especializado– resulta *esencial* lo que muestre su creatividad artística, su experiencia humana, sus afectos íntimos, su visión de la sociedad y su papel en la historia. Todo eso representan los 58 poemas, 13 prosas, 6 cartas y 3 discursos parlamentarios seleccionados.

No se acostumbra incluir estos discursos en sus antologías, pero sé que al lector le interesará ver –en el Senado de la República– al adolescente que conversó con Gabriela Mistral en Temuco, rindiéndole homenaje por su Premio Nobel de Literatura en 1945; al hijo de una profesora primaria exigiendo aumento de sueldo para el profesorado; al legislador visionario que, sesenta años antes, asegura: «La aprobación de esta ley abre a la mujer el camino para nuevas conquistas: el derecho de ser elegida, incluso para el cargo de Presidente de la República».

Entre las seis cartas seleccionadas hay una muy íntima, en la que le cuenta al padre la penosa experiencia del nacimiento de su hija enferma: «(...) Hubo momentos de mucho peligro, en que la guagua se moría y no sabíamos qué hacer...».

En cambio, muy pública es su carta al Presidente de la República de Chile, fechada el 6 de septiembre de 1972, en la que cede los derechos de él y los de su editor para publicar «una *Antología Popular* de mi poesía», con la sola condición «que se regale enteramente...».

La *Cronología, o una biografía por armar* —esquema ya usado en un libro anterior de esta misma serie*— comienza

---

* Floridor Pérez: *Gabriela Mistral esencial: Poesía, prosa y correspondencia,* 2005.

Explico algunas cosas

antes de su nacimiento, cuando se casaron los padres, y termina bastante después de su muerte, cuando por fin ocupa su tumba definitiva en Isla Negra. De este modo, el lector dispondrá de suficiente información, pero la forma en que la use dependerá de sus necesidades y, sobre todo, de su creatividad.

Experiencias de lectura

Al tradicional orden cronológico de las antologías, este libro prefiere un orden temático afectivo, más relacionado con el estado de alma en que fueron escritos o que puedan generar los textos. Este orden facilita lecturas individuales más intensas, y grupales más participativas, como realizar *lecturas paralelas* de poemas que dialoguen o polemicen entre sí. Muy motivador en el aula resultó leer así los poemas «Farewell» y «La pródiga», publicados con treinta años de diferencia, pero que en este libro van en páginas seguidas.

En «Farewell», un poeta que aún no cumple veinte años escribe: «Desde el fondo de ti, y arrodillado, / un niño triste, como yo, nos mira...». Y exclama, enfático: «Yo no lo quiero, amada...».

Esto *ocurre* en su primer libro, *Crepusculario*, de 1923, pero aquí le sigue «La pródiga», *de Versos del capitán,* de 1952, porque frente al hablante que treinta años antes había dicho: «Yo no lo quiero, amada», el de ahora dice: «... Yo te pregunto, dónde está mi hijo? / No me esperaba en ti, reconociéndome (...) Devuélveme a mi hijo!».

Ya en los años setenta, la lectura paralela de estos poemas originó un animado foro ente mis alumnos de tercer año medio. Junto a «metáforas», «comparaciones», «epítetos» –conceptos propios de una clase de literatura–, hablaron de «embarazo adolescente», «planificación familiar», «paternidad responsable», expresiones que parecían «infiltradas» de las ciencias naturales y sociales. Apareció incluso la palabra «aborto», un tabú que pronto dejaría de serlo, cuando Fernando Ubiergo lo convirtiera en canción:

> *no faltó la buena amiga*
> *esa amiga entre comillas*
> *que le dio la dirección...**

Cuando el apasionado debate amenazaba tomarse el recreo, se alzó la inconfundible voz de Juana:

«¡Castigo de Dios!».

Para ella, el tribunal divino era tan claro como inapelable: «¿Dijiste: *yo no lo quiero, amada*? Pues bien: ¡no lo tendrás!».

Si entonces me ilusioné con una posible inclinación de Juana por la crítica literaria, me equivoqué medio a medio: el tema ha de haber tocado su sensibilidad de enfermera universitaria que hoy día es.

Otra forma de lectura paralela puede planearse por géneros literarios, con textos en prosa y en verso que se complementen, como abundan entre *Confieso que he vivido* y *Memorial de Isla Negra*. En talleres literarios, por ejemplo, mostrará claramente las posibilidades del diario de vida y la autobiografía como fuente de creatividad.

En mi experiencia universitaria no olvidaré la lectura de una página de *Confieso que he vivido* y del poema «La mamadre», en un curso electivo de poesía chilena. En su intro-

---

* *Cuando agosto era 21*, canción sobre la experiencia de una liceana.

ducción a un trabajo escrito, una estudiante de ingeniería se refirió a su propio padre, y aclaró:

«He dicho mi *padre*, aunque en realidad nunca supe bien quién era este señor que recuerdo desde niña (...) hasta que en el curso de poesía leímos "La mamadre"... Entonces lo supe: era mi papadre. Y desde entonces, desde ese día, tuve un trato distinto con él. ¡Para siempre!».

Ese mismo es el propósito y mayor anhelo de este libro: propiciar un trato distinto del lector no sólo con la obra de Neruda, sino con toda la poesía. Y, ojalá, también para siempre.

I
POESÍA

1

XIX (Mi abuelo don José Ángel Reyes...)

Mi abuelo don José Ángel Reyes vivió
ciento dos años entre Parral y la muerte.
Era un gran caballero campesino
con poca tierra y demasiados hijos.
De cien años de edad lo estoy viendo: nevado
era este viejo, azul era su antigua barba
y aún entraba en los trenes para verme crecer,
en carro de tercera, de Cauquenes al Sur.
Llegaba el sempiterno don José Ángel, el viejo,
a tomar una copa, la última, conmigo:
su mano de cien años levantaba
el vino que temblaba como una mariposa.

De *Aún*, 1969.

LA MAMADRE

La mamadre viene por ahí,
con zuecos de madera. Anoche
sopló el viento del polo, se rompieron
los tejados, se cayeron
los muros y los puentes,
aulló la noche entera con sus pumas,
y ahora, en la mañana
de sol helado, llega
mi mamadre, doña
Trinidad Marverde,
dulce como la tímida frescura
del sol en las regiones tempestuosas,
lamparita
menuda y apagándose,
encendiéndose
para que todos vean el camino.

Oh dulce mamadre
–nunca pude decir madrastra–,
ahora
mi boca tiembla para definirte,
porque apenas
abrí el entendimiento
vi la bondad vestida de pobre trapo oscuro,
la santidad más útil:
la del agua y la harina,
y eso fuiste: la vida te hizo pan
y allí te consumimos,
invierno largo a invierno desolado

con las goteras dentro
de la casa
y tu humildad ubicua
desgranando
el áspero
cereal de la pobreza
como si hubieras ido
repartiendo
un río de diamantes.

Ay mamá, cómo pude
vivir sin recordarte
cada minuto mío?
No es posible. Yo llevo
tu Marverde en mi sangre,
el apellido
del pan que se reparte,
de aquellas
dulces manos
que cortaron del saco de la harina
los calzoncillos de mi infancia,
de la que cocinó, planchó, lavó,
sembró, calmó la fiebre,
y cuando todo estuvo hecho,
y ya podía
yo sostenerme con los pies seguros,
se fue, cumplida, oscura,
al pequeño ataúd
donde por vez primera estuvo ociosa
bajo la dura lluvia de Temuco.

De *Memorial de Isla Negra*, 1964.

EL PADRE

El padre brusco vuelve
de sus trenes:
reconocimos
en la noche
el pito
de la locomotora
perforando la lluvia
con un aullido errante,
un lamento nocturno,
y luego
la puerta que temblaba:
el viento con una ráfaga
entraba con mi padre
y entre las dos pisadas y presiones
la casa
se sacudía,
las puertas asustadas
se golpeaban con seco
disparo de pistolas,
las escalas gemían
y una alta voz
recriminaba, hostil,
mientras la tempestuosa
sombra, la lluvia como catarata
despeñada en los techos
ahogaba poco a poco
el mundo
y no se oía nada más que el viento
peleando con la lluvia.

Sin embargo, era diurno.
Capitán de su tren, del alba fría,
y apenas despuntaba
el vago sol, allí estaba su barba,
sus banderas
verdes y rojas, listos los faroles,
el carbón de la máquina en su infierno,
la Estación con los trenes en la bruma
y su deber hacia la geografía.

El ferroviario es marinero en tierra
y en los pequeños puertos sin marina
–pueblos del bosque– el tren que corre
desenfrenando la naturaleza,
cumpliendo su navegación terrestre.
Cuando descansa el largo tren
se juntan los amigos,
entran, se abren las puertas de mi infancia,
la mesa se sacude,
al golpe de una mano ferroviaria
chocan los gruesos vasos del hermano
y destella
el fulgor
de los ojos del vino.

Mi pobre padre duro
allí estaba, en el eje de la vida,
la viril amistad, la copa llena.
Su vida fue una rápida milicia
y entre su madrugar y sus caminos,
entre llegar para salir corriendo,

un día con más lluvia que otros días
el conductor José del Carmen Reyes
subió al tren de la muerte y hasta ahora no ha vuelto.

De *Memorial de Isla Negra*, 1964.

XLIII

Quién era aquella que te amó
en el sueño, cuando dormías?

Dónde van las cosas del sueño?
Se van al sueño de los otros?

Y el padre que vive en los sueños
vuelve a morir cuando despiertas?

Florecen las plantas del sueño
y maduran sus graves frutos?

De *El libro de las preguntas*, 1974. Póstumo.

XLIV

Dónde está el niño que yo fui,
sigue adentro de mí o se fue?

Sabe que no lo quise nunca
y que tampoco me quería?

Por qué anduvimos tanto tiempo
creciendo para separarnos?

Por qué no morimos los dos
cuando mi infancia se murió?

Y si el alma se me cayó
por qué me sigue el esqueleto?

De *El libro de las preguntas*, 1974. Póstumo.

EL PRIMER MAR

Descubrí el mar. Salía de Carahue
el Cautín a su desembocadura
y en los barcos de rueda comenzaron
los sueños y la vida a detenerme,
a dejar su pregunta en mis pestañas.
Delgado niño o pájaro,
solitario escolar o pez sombrío,
iba solo en la proa,
desligado
de la felicidad, mientras
el mundo
de la pequeña nave
me ignoraba
y desataba el hilo
de los acordeones,
comían y cantaban
transeúntes
del agua y del verano,
yo, en la proa, pequeño
inhumano,
perdido,
aún sin razón ni canto,
ni alegría,
atado al movimiento de las aguas
que iban entre los montones apartando
para mí solo aquellas soledades,
para mí solo aquel camino puro,
para mí solo el universo.

Embriaguez de los ríos,
márgenes de espesuras y fragancias,
súbitas piedras, árboles quemados,
y tierra plena y sola.
Hijo de aquellos ríos
me mantuve
corriendo por la tierra,
por las mismas orillas
hacia la misma espuma
y cuando el mar de entonces
se desplomó como una torre herida,
se incorporó encrespado de su furia,
salí de las raíces,
se me agrandó la patria,
se rompió la unidad de la madera:
la cárcel de los bosques
abrió una puerta verde
por donde entró la ola con su trueno
y se extendió mi vida
con un golpe de mar, en el espacio.

De *Memorial de Isla Negra*, 1964.

COLEGIALA

La colegiala tenía
los ojos tan lindos.
Yo me la encontré en la tarde
de un día
Domingo.

La colegiala tenía
los ojos profundos
y me sentí bueno como
un arbolito desnudo.

Desde aquella tarde nos
vamos al colegio juntos.

Poema escrito en el Liceo de Temuco en 1920.

DÓNDE ESTARÁ LA GUILLERMINA?

Dónde estará la Guillermina?

Cuando mi hermana la invitó
y yo salí a abrirle la puerta,
entró el sol, entraron estrellas,
entraron dos trenzas de trigo
y dos ojos interminables.

Yo tenía catorce años
y era orgullosamente oscuro,
delgado, ceñido y fruncido,
funeral y ceremonioso:
yo vivía con las arañas,
humedecido por el bosque,
me conocían los coleópteros
y las abejas tricolores,
yo dormía con las perdices
sumergido bajo la menta.

Entonces entró la Guillermina
con dos relámpagos azules
que me atravesaron el pelo
y me clavaron como espadas
contra los muros del invierno.
Esto sucedió en Temuco.
Allá en el Sur, en la frontera.

Han pasado lentos los años
pisando como paquidermos,

ladrando como zorros locos,
han pasado impuros los años
crecientes, raídos, mortuorios,
y yo anduve de nube en nube,
de tierra en tierra, de ojo en ojo,
mientras la lluvia en la frontera
caía, con el mismo traje.

Mi corazón ha caminado
con intransferibles zapatos,
y he digerido las espinas:
no tuve tregua donde estuve:
donde yo pegué me pegaron,
donde me mataron caí
y resucité con frescura,
y luego y luego y luego y luego,
es tan largo contar las cosas.

No tengo nada que añadir.
Vine a vivir en este mundo.
Dónde estará la Guillermina?

De *Estravagario*, 1958.

UN HOMBRE ANDA BAJO LA LUNA

Pena de mala fortuna
que cae en mi alma y la llena.
Pena.
Luna.

Calles blancas, calles blancas...
... Siempre ha de haber luna cuando
por ver si la pena arranca
ando
y ando...

Recuerdo el rincón oscuro
en que lloraba en mi infancia:
los líquenes en los muros,
las risas a la distancia.

... Sombra... silencio... una voz
que se perdía...
La lluvia en el techo. Atroz
lluvia que siempre caía...
y mi llanto, húmeda voz
que se perdía.

... Se llama y nadie responde,
se anda por seguir andando...

Andar... Andar... Hacia dónde?...
Y hasta cuándo?

Nadie responde
y se sigue andando.

Amor perdido y hallado
y otra vez la vida trunca.
Lo que siempre se ha buscado
no debiera hallarse nunca!

Uno se cansa de amar...
Uno vive y se ha de ir.
Soñar... Para qué soñar?
Vivir... Para qué vivir?

... Siempre ha de haber calles blancas
cuando por la tierra grande
por ver si la pena arranca
ando
y ande.

... Ande en noches sin fortuna
bajo la luz de la luna,
como las almas en pena...

Pena de mala fortuna
que cae en mi alma y la llena.
Pena.
Luna.

MARIPOSA DE OTOÑO

La mariposa volotea
y arde —con el sol— a veces.

Mancha volante y llamarada,
ahora se queda parada
sobre la rama que la mece.

Me decían: —No tienes nada.
No estás enfermo. Te parece.

Yo tampoco decía nada.
Y pasó el tiempo de las mieses.

Hoy una mano de congoja
llena de otoño el horizonte.
Y hasta de mi alma caen hojas.

Me decían: —No tienes nada.
No estás enfermo. Te parece.

Era la hora de las espigas.
El sol, ahora,
convalece.

Todo se va en la vida, amigos.
Se va o perece.

Se va la mano que te induce.
Se va o perece.

Se va la rosa que desates.
También la boca que te bese.

El agua, la sombra y el vaso.
Se va o perece.

Su lengua tibia me rodea.
También me dice: —Te parece.

La mariposa volotea,
revolotea,
y desaparece.

De *Crepusculario*, 1923.

AMIGA, NO TE MUERAS

Amiga, no te mueras.

Óyeme estas palabras que me salen ardiendo,
y que nadie diría si yo no las dijera.

Amiga, no te mueras.

Yo soy el que te espera en la estrellada noche.
El que bajo el sangriento sol poniente te espera.

Miro caer los frutos en la tierra sombría.
Miro bailar las gotas del rocío en las hierbas.

En la noche al espeso perfume de las rosas,
cuando danza la ronda de las sombras inmensas.

Bajo el cielo del sur, el que te espera cuando
el aire de la tarde como una boca besa.

Amiga, no te mueras.

Yo soy el que cortó las guirnaldas rebeldes
para el lecho selvático fragante a sol y a selva.
El que trajo en los brazos jacintos amarillos.
Y rosas desgarradas. Y amapolas sangrientas.

El que cruzó los brazos por esperarte, ahora.
El que quebró sus arcos. El que dobló sus flechas.

Yo soy el que en los labios guarda sabor de uvas.
Racimos refregados. Mordeduras bermejas.

El que te llama desde las llanuras brotadas.
Yo soy el que en la hora del amor te desea.

El aire de la tarde cimbra las ramas altas.
Ebrio, mi corazón, bajo Dios, tambalea.

El río desatado rompe a llorar y a veces
se adelgaza su voz y se hace pura y trémula.

Retumba, atardecida, la queja azul del agua.
Amiga, no te mueras!

Yo soy el que te espera en la estrellada noche,
sobre las playas áureas, sobre las rubias eras.

El que cortó jacintos para tu lecho, y rosas.
Tendido entre las hierbas yo soy el que te espera!

De *El hondero entusiasta*, 1933.

AL PIE DESDE SU NIÑO

El pie del niño aún no sabe que es pie,
y quiere ser mariposa o manzana.

Pero luego los vidrios y las piedras,
las calles, las escaleras,
y los caminos de la tierra dura
van enseñando al pie que no puede volar,
que no puede ser fruto redondo en una rama.
El pie del niño entonces
fue derrotado, cayó
en la batalla,
fue prisionero,
condenado a vivir en un zapato.

Poco a poco sin luz
fue conociendo el mundo a su manera,
sin conocer el otro pie, encerrado,
explorando la vida como un ciego.

Aquellas suaves uñas
de cuarzo, de racimo,
se endurecieron, se mudaron
en opaca sustancia, en cuerno duro,
y los pequeños pétalos del niño
se aplastaron, se desequilibraron,
tomaron formas de reptil sin ojos,
cabezas triangulares de gusano.
Y luego encallecieron,
se cubrieron

con mínimos volcanes de la muerte,
inaceptables endurecimientos.

Pero este ciego anduvo
sin tregua, sin parar
hora tras hora,
el pie y el otro pie,
ahora de hombre
o de mujer,
arriba,
abajo,
por los campos, las minas,
los almacenes y los ministerios,
atrás,
afuera, adentro,
adelante,
este pie trabajó con su zapato,
apenas tuvo tiempo
de estar desnudo en el amor o el sueño,
caminó, caminaron
hasta que el hombre entero se detuvo.

Y entonces a la tierra
bajó y no supo nada,
porque allí todo y todo estaba oscuro,
no supo que había dejado de ser pie,
si lo enterraban para que volara
o para que pudiera
ser manzana.

De *Estravagario*, 1958.

Poesía

POBRES MUCHACHOS

Cómo cuesta en este planeta
amarnos con tranquilidad:
todo el mundo mira las sábanas,
todos molestan a tu amor.
Y se cuentan cosas terribles
de un hombre y de una mujer
que después de muchos trajines
y muchas consideraciones
hacen algo insustituible,
se acuestan en una sola cama.

Yo me pregunto si las ranas
se vigilan y se estornudan,
si se susurran en las charcas
contra las ranas ilegales,
contra el placer de los batracios.
Yo me pregunto si los pájaros
tienen pájaros enemigos
y si el toro escucha a los bueyes
antes de verse con la vaca.

Ya los caminos tienen ojos,
los parques tienen policía,
son sigilosos los hoteles,
las ventanas anotan nombres,
se embarcan tropas y cañones
decididos contra el amor,
trabajan incesantemente
las gargantas y las orejas,

y un muchacho con su muchacha
se obligaron a florecer
volando en una bicicleta.

De *Estravagario*, 1958.

2

MORENA, LA BESADORA

Cabellera rubia, suelta,
corriendo como un estero,
cabellera.

Uñas duras y doradas,
flores curvas y sensuales,
uñas duras y doradas.

Comba del vientre, escondida,
y abierta como una fruta
o una herida.

Dulce rodilla desnuda
apretada en mis rodillas,
dulce rodilla desnuda.

Enredadera del pelo
entre la oferta redonda
de los senos.

Huella que dura en el lecho,
huella dormida en el alma,
palabras locas.

Perdidas palabras locas:
rematarán mis canciones,
se morirán nuestras bocas.

Morena, la Besadora,
rosal de todas las rosas
en una hora.

Besadora dulce y rubia,
me iré,
te irás, Besadora.

Pero aún tengo la aurora
enredada en cada sien.

Bésame, por eso, ahora,
bésame, Besadora,
ahora y en la hora
de nuestra muerte.
Amén.

De *Crepusculario*, 1923.

FAREWELL

1

Desde el fondo de ti, y arrodillado,
un niño triste, como yo, nos mira.

Por esa vida que arderá en sus venas
tendrían que amarrarse nuestras vidas.

Por esas manos, hijas de tus manos,
tendrían que matar las manos mías.

Por sus ojos abiertos en la tierra
veré en los tuyos lágrimas un día.

2

Yo no lo quiero, Amada,

Para que nada nos amarre
que no nos una nada.

Ni la palabra que aromó tu boca,
ni lo que no dijeron las palabras.

Ni la fiesta de amor que no tuvimos,
ni tus sollozos junto a la ventana.

3

(Amo el amor de los marineros
que besan y se van.

Dejan una promesa.
No vuelven nunca más.

En cada puerto una mujer espera:
los marineros besan y se van.

Una noche se acuestan con la muerte
en el lecho del mar.

4

Amo el amor que se reparte
en besos, lecho y pan.

Amor que puede ser eterno
y puede ser fugaz.

Amor que quiere libertarse
para volver a amar.

Amor divinizado que se acerca.
Amor divinizado que se va).

5

Ya no se encantarán mis ojos en tus ojos,
ya no se endulzará junto a ti mi dolor.

Pero hacia donde vaya llevaré tu mirada
y hacia donde camines llevarás mi dolor.

Fui tuyo, fuiste mía. Qué más? Juntos hicimos
un recodo en la ruta donde el amor pasó.

Fui tuyo, fuiste mía. Tú serás del que te ame,
del que corte en tu huerto lo que he sembrado yo.

Yo me voy. Estoy triste: pero siempre estoy triste.
Vengo desde tus brazos. No sé hacia dónde voy.

... Desde tu corazón me dice adiós un niño.
Y yo le digo adiós.

De *Crepusculario*, 1923.

LA PRÓDIGA

Yo te escogí entre todas las mujeres
para que repitieras
sobre la tierra
mi corazón que baila con espigas
o lucha sin cuartel cuando hace falta.

Yo te pregunto, dónde está mi hijo?

No me esperaba en ti, reconociéndome,
y diciéndome: "Llámame para salir sobre la tierra
o continuar tus luchas y tus cantos"?

Devuélveme a mi hijo!

Lo has olvidado en las puertas
del placer, oh pródiga
enemiga,
has olvidado que viniste a esta cita,
la más profunda, aquella
en que los dos, unidos, seguiremos hablando
por su boca, amor mío,
ay todo aquello
que no alcanzamos a decirnos?

Cuando yo te levanto en una ola
de fuego y sangre, y se duplica
la vida entre nosotros,
acuérdate
que alguien nos llama

como nadie jamás nos ha llamado,
y que no respondemos
y nos quedamos solos y cobardes
ante la vida que negamos.

Pródiga,
abre las puertas,
y que en tu corazón
el nudo ciego
se desenlace y vuele
con tu sangre y la mía
por el mundo!

De *Versos del Capitán*, 1952.

POEMA 1

Cuerpo de mujer, blancas colinas, muslos blancos,
te pareces al mundo en tu actitud de entrega.
Mi cuerpo de labriego salvaje te socava
y hace saltar el hijo del fondo de la tierra.

Fui solo como un túnel. De mí huían los pájaros
y en mí la noche entraba su invasión poderosa.
Para sobrevivirme te forjé como un arma,
como una flecha en mi arco, como una piedra en mi honda.

Pero cae la hora de la venganza, y te amo.
Cuerpo de piel, de musgo, de leche ávida y firme.
Ah los vasos del pecho! Ah los ojos de ausencia!
Ah las rosas del pubis! Ah tu voz lenta y triste!

Cuerpo de mujer mía, persistiré en tu gracia.
Mi sed, mi ansia sin límite, mi camino indeciso!
Oscuros cauces donde la sed eterna sigue,
y la fatiga sigue, y el dolor infinito.

De *Veinte poemas de amor y una canción desesperada*, 1924.

POEMA 15

Me gustas cuando callas porque estás como ausente,
y me oyes desde lejos, y mi voz no te toca.
Parece que los ojos se te hubieran volado
y parece que un beso te cerrara la boca.

Como todas las cosas están llenas de mi alma
emerges de las cosas, llena del alma mía.
Mariposa de sueño, te pareces a mi alma,
y te pareces a la palabra melancolía.

Me gustas cuando callas y estás como distante.
Y estás como quejándote, mariposa en arrullo.
Y me oyes desde lejos, y mi voz no te alcanza:
déjame que me calle con el silencio tuyo.

Déjame que te hable también con tu silencio
claro como una lámpara, simple como un anillo.
Eres como la noche, callada y constelada.
Tu silencio es de estrella, tan lejano y sencillo.

Me gustas cuando callas porque estás como ausente.
Distante y dolorosa como si hubieras muerto.
Una palabra entonces, una sonrisa bastan.
Y estoy alegre, alegre de que no sea cierto.

De *Veinte poemas...*, 1924.

POEMA 19

Niña morena y ágil, el sol que hace las frutas,
el que cuaja los trigos, el que tuerce las algas,
hizo tu cuerpo alegre, tus luminosos ojos
y tu boca que tiene la sonrisa del agua.

Un sol negro y ansioso se te arrolla en las hebras
de la negra melena, cuando estiras los brazos.
Tú juegas con el sol como con un estero
y él te deja en los ojos dos oscuros remansos.

Niña morena y ágil, nada hacia ti me acerca.
Todo de ti me aleja, como del mediodía.

Eres la delirante juventud de la abeja,
la embriaguez de la ola, la fuerza de la espiga.

Mi corazón sombrío te busca, sin embargo,
y amo tu cuerpo alegre, tu voz suelta y delgada.
Mariposa morena dulce y definitiva,
como el trigal y el sol, la amapola y el agua.

De *Veinte poemas...*, 1924.

Poesía

[51]

POEMA 20

Puedo escribir los versos más tristes esta noche.

Escribir, por ejemplo: "La noche está estrellada,
y tiritan, azules, los astros, a lo lejos".

El viento de la noche gira en el cielo y canta.

Puedo escribir los versos más tristes esta noche.
Yo la quise, y a veces ella también me quiso.

En las noches como ésta la tuve entre mis brazos.
La besé tantas veces bajo el cielo infinito.

Ella me quiso, a veces yo también la quería.
Cómo no haber amado sus grandes ojos fijos.

Puedo escribir los versos más tristes esta noche.
Pensar que no la tengo. Sentir que la he perdido.

Oír la noche inmensa, más inmensa sin ella.
Y el verso cae al alma como al pasto el rocío.

Qué importa que mi amor no pudiera guardarla.
La noche está estrellada y ella no está conmigo.

Eso es todo. A lo lejos alguien canta. A lo lejos.
Mi alma no se contenta con haberla perdido.

Como para acercarla mi mirada la busca.
Mi corazón la busca, y ella no está conmigo.

La misma noche que hace blanquear los mismos árboles.
Nosotros, los de entonces, ya no somos los mismos.

Ya no la quiero, es cierto, pero cuánto la quise.
Mi voz buscaba el viento para tocar su oído.

De otro. Será de otro. Como antes de mis besos.
Su voz, su cuerpo claro. Sus ojos infinitos.

Ya no la quiero, es cierto, pero tal vez la quiero.
Es tan corto el amor, y es tan largo el olvido.

Porque en noches como ésta la tuve entre mis brazos,
mi alma no se contenta con haberla perdido.

Aunque éste sea el último dolor que ella me causa,
y éstos sean los últimos versos que yo le escribo.

SONETO XX

Mi fea, eres una castaña despeinada,
mi bella, eres hermosa como el viento,
mi fea, de tu boca se pueden hacer dos,
mi bella, son tus besos frescos como sandías.

Mi fea, dónde están escondidos tus senos?
Son mínimos como dos copas de trigo.
Me gustaría verte dos lunas en el pecho:
las gigantescas torres de tu soberanía.

Mi fea, el mar no tiene tus uñas en su tienda,
mi bella, flor a flor, estrella por estrella,
ola por ola, amor, he contado tu cuerpo:

mi fea, te amo por tu cintura de oro,
mi bella, te amo por tu arruga en tu frente,
amor, te amo por clara y por oscura.

De *Cien sonetos de amor*, 1959.

SONETO LXVI

No te quiero sino porque te quiero
y de quererte a no quererte llego
y de esperarte cuando no te espero
pasa mi corazón del frío al fuego.

Te quiero sólo porque a ti te quiero,
te odio sin fin, y odiándote te ruego,
y la medida de mi amor viajero
es no verte y amarte como un ciego.

Tal vez consumirá la luz de enero,
su rayo cruel, mi corazón entero,
robándome la llave del sosiego.

En esta historia sólo yo me muero
y moriré de amor porque te quiero,
porque te quiero, amor, a sangre y fuego.

De *Cien sonetos de amor,* 1959.

SONETO XCII

Amor mío, si muero y tú no mueres,
amor mío, si mueres y no muero,
no demos al dolor más territorio:
no hay extensión como la que vivimos.

Polvo en el trigo, arena en las arenas,
el tiempo, el agua errante, el viento vago
nos llevó como grano navegante.
Pudimos no encontrarnos en el tiempo.

Esta pradera en que nos encontramos,
oh pequeño infinito! devolvemos.
Pero este amor, amor, no ha terminado,

y así como no tuvo nacimiento
no tiene muerte, es como un largo río,
sólo cambia de tierras y de labios.

De *Cien sonetos de amor*, 1959.

TU RISA

Quítame el pan, si quieres,
quítame el aire, pero
no me quites tu risa.

No me quites la rosa,
la lanza que desgranas,
el agua que de pronto
estalla en tu alegría,
la repentina ola
de plata que te nace.

Mi lucha es dura y vuelvo
con los ojos cansados
a veces de haber visto
la tierra que no cambia,
pero al entrar tu risa
sube al cielo buscándome
y abre para mí todas
las puertas de la vida.

Amor mío, en la hora
más oscura desgrana
tu risa, y si de pronto
ves que mi sangre mancha
las piedras de la calle,
ríe, porque tu risa
será para mis manos
como una espada fresca.

Junto al mar en otoño,
tu risa debe alzar
su cascada de espuma,
y en primavera, amor,
quiero tu risa como
la flor que yo esperaba,
la flor azul, la rosa
de mi patria sonora.

Ríete de la noche,
del día, de la luna,
ríete de las calles
torcidas de la isla,
ríete de este torpe
muchacho que te quiere,
pero cuando yo abro
los ojos y los cierro,
cuando mis pasos van,
cuando vuelven mis pasos,
niégame el pan, el aire,
la luz, la primavera,
pero tu risa nunca
porque me moriría.

De *Versos del Capitán*, 1952.

3

ARTE POÉTICA

Entre sombra y espacio, entre guarniciones y doncellas,
dotado de corazón singular y sueños funestos,
precipitadamente pálido, marchito en la frente,
y con luto de viudo furioso por cada día de vida,
ay, para cada agua invisible que bebo soñolientamente,
y de todo sonido que acojo temblando,
tengo la misma sed ausente y la misma fiebre fría,
un oído que nace, una angustia indirecta,
como si llegaran ladrones o fantasmas,
y en una cáscara de extensión fija y profunda,
como un camarero humillado, como una campana un poco ronca,
como un espejo viejo, como un olor de casa sola
en la que los huéspedes entran de noche perdidamente ebrios,
y hay un olor de ropa tirada al suelo, y una ausencia de flores,
posiblemente de otro modo aún menos melancólico,
pero, la verdad, de pronto, el viento que azota mi pecho,
las noches de sustancia infinita caídas en mi dormitorio,
el ruido de un día que arde con sacrificio,
me piden lo profético que hay en mí, con melancolía,
y un golpe de objetos que llaman sin ser respondidos
hay, y un movimiento sin tregua, y un nombre confuso.

De *Residencia en la Tierra* 1, 1933.

GALOPE MUERTO

Como cenizas, como mares poblándose,
en la sumergida lentitud, en lo informe,
o como se oyen desde el alto de los caminos
cruzar las campanadas en cruz,
teniendo ese sonido ya aparte del metal,
confuso, pesando, haciéndose polvo
en el mismo molino de las formas demasiado lejos,
o recordadas o no vistas,
y el perfume de las ciruelas que rodando a tierra
se pudren en el tiempo, infinitamente verdes.

Aquello todo tan rápido, tan viviente,
inmóvil sin embargo, como la polea loca en sí misma,
esas ruedas de los motores, en fin.
Existiendo como las puntadas secas en las costuras del árbol,
callado, por alrededor, de tal modo,
mezclando todos los limbos sus colas.
Es que de dónde, por dónde, en qué orilla?
El rodeo constante, incierto, tan mudo,
como las lilas alrededor del convento,
o la llegada de la muerte a la lengua del buey
que cae a tumbos, guardabajo, y cuyos cuernos quieren sonar.

Por eso, en lo inmóvil, deteniéndose, percibir,
entonces, como aleteo inmenso, encima,
como abejas muertas o números,
ay, lo que mi corazón pálido no puede abarcar,
en multitudes, en lágrimas saliendo apenas,
y esfuerzos humanos, tormentas,

acciones negras descubiertas de repente
como hielos, desorden vasto,
oceánico, para mí que entro cantando
como una espada entre indefensos.

Ahora bien, de qué está hecho ese surgir de palomas
que hay entre la noche y el tiempo, como una barranca húmeda?
Ese sonido ya tan largo
que cae listando de piedras los caminos,
más bien, cuando sólo una hora
crece de improviso, extendiéndose sin tregua.

Adentro del anillo del verano
una vez los grandes zapallos escuchan,
estirando sus plantas conmovedoras,
de eso, de lo que solicitándose mucho,
de lo lleno, oscuros de pesadas gotas.

De *Residencia en la Tierra* 1, 1933.

ALIANZA (SONATA)

De miradas polvorientas caídas al suelo
o de hojas sin sonido y sepultándose.
De metales sin luz, con el vacío,
con la ausencia del día muerto de golpe.
En lo alto de las manos el deslumbrar de mariposas,
el arrancar de mariposas cuya luz no tiene término.

Tú guardabas la estela de luz, de seres rotos
que el sol abandonado, atardeciendo, arroja a las iglesias.
Teñida con miradas, con objeto de abejas,
tu material de inesperada llama huyendo
precede y sigue al día y a su familia de oro.

Los días acechando cruzan el sigilo
pero caen adentro de tu voz de luz.
Oh dueña del amor, en tu descanso
fundé mi sueño, mi actitud callada.

Con tu cuerpo de número tímido, extendido de pronto
hasta cantidades que definen la tierra,
detrás de la pelea de los días blancos de espacio
y fríos de muertes lentas y estímulos marchitos,
siento arder tu regazo y transitar tus besos
haciendo golondrinas frescas en mi sueño.

A veces el destino de tus lágrimas asciende
como la edad hasta mi frente, allí
están golpeando las olas, destruyéndose de muerte:
su movimiento es húmedo, decaído, final.

De *Residencia en la Tierra* 1, 1933.

ÁNGELA ADÓNICA

Hoy me he tendido junto a una joven pura
como a la orilla de un océano blanco,
como en el centro de una ardiente estrella
     de lento espacio.

De su miranda largamente verde
la luz caía como un agua seca
en transparentes y profundos círculos
     de fresca fuerza.

Su pecho como un fuego de dos llamas
ardía en dos regiones levantado,
y en doble río llegaba a sus pies
     grandes y claros.

Un clima de oro maduraba apenas
las diurnas longitudes de su cuerpo
llenándolo de frutas extendidas
     y oculto fuego.

De *Residencia en la Tierra* 1, 1933.

NO HAY OLVIDO (SONATA)

Si me preguntáis en dónde he estado
debo decir "Sucede",
Debo de hablar del suelo que oscurecen las piedras,
del río que durando se destruye:
no sé sino las cosas que los pájaros pierden,
el mar dejado atrás, o mi hermana llorando.
Por qué tantas regiones, por qué un día
se junta con un día? Por qué una negra noche
se acumula en la boca? Por qué muertos?

Si me preguntáis de dónde vengo tengo que conversar con
        cosas rotas,
con utensilios demasiado amargos,
con grandes bestias a menudo podridas
y con mi acongojado corazón.

No son recuerdos los que se han cruzado
ni es la paloma amarillenta que duerme en el olvido,
sino caras con lágrimas,
dedos en la garganta,
y lo que se desploma de las hojas:
la oscuridad de un día transcurrido,
de un día alimentado con nuestra triste sangre.

He aquí violetas, golondrinas,
todo cuanto nos gusta y aparece
en las dulces tarjetas de larga cola
por donde se pasean el tiempo y la dulzura.
Pero no penetremos más allá de esos dientes,

no mordamos las cáscaras que el silencio acumula,
porque no sé qué contestar:
hay tantos muertos,
y tantos malecones que el sol rojo partía,
y tantas cabezas que golpean los buques,
y tantas manos que han encerrado besos,
y tantas cosas que quiero olvidar.

De *Residencia en la Tierra* 1, 1933.

CABALLERO SOLO

Los jóvenes homosexuales y las muchachas amorosas,
y las largas viudas que sufren el delirante insomnio,
y las jóvenes señoras preñadas hace treinta horas,
y los roncos gatos que cruzan mi jardín en tinieblas,
como un collar de palpitantes ostras sexuales
rodean mi residencia solitaria,
como enemigos establecidos contra mi alma,
como conspiradores en traje de dormitorio
que cambiaran largos besos espesos por consigna.

El radiante verano conduce a los enamorados
en uniformes regimientos melancólicos,
hechos de gordas y flacas y alegres y tristes parejas:
bajo los elegantes cocoteros, junto al océano y la luna
hay una continua vida de pantalones y polleras,
un rumor de medias de seda acariciadas,
y senos femeninos que brillan como ojos.

El pequeño empleado, después de mucho,
después del tedio semanal, y las novelas leídas de noche, en cama,
ha definitivamente seducido a su vecina,
y la lleva a los miserables cinematógrafos
donde los héroes son potros o príncipes apasionados,
y acaricia sus piernas llenas de dulce vello
con sus ardientes y húmedas manos que huelen a cigarrillo.

De *Residencia en la Tierra* 1, 1933.

SÓLO LA MUERTE

Hay cementerios solos,
tumbas llenas de huesos sin sonido,
el corazón pasando un túnel
oscuro, oscuro, oscuro,
como un naufragio hacia adentro nos morimos,
como ahogarnos en el corazón,
como irnos cayendo desde la piel al alma.

Hay cadáveres,
hay pies de pegajosa losa fría,
hay la muerte en los huesos,
como un sonido puro,
como un ladrido sin perro,
saliendo de ciertas campanas, de ciertas tumbas,
creciendo en la humedad como el llanto o la lluvia.

Yo veo sólo, a veces,
ataúdes a vela
zarpar con difuntos pálidos, con mujeres de trenzas muertas,
con panaderos blancos como ángeles,
con niñas pensativas casadas con notarios,
ataúdes subiendo el río vertical de los muertos,
el río morado,
hacia arriba, con las velas hinchadas por el sonido de la
    muerte,
hinchadas por el sonido silencioso de la muerte.

A lo sonoro llega la muerte
como un zapato sin pie, como un traje sin hombre,

llega a golpear con un anillo sin piedra y sin dedo,
llega a gritar sin boca, sin lengua, sin garganta.

Sin embargo sus pasos suenan
y su vestido suena, callado, como un árbol.

Yo no sé, yo conozco poco, yo apenas veo,
pero creo que su canto tiene color de violetas húmedas,
de violetas acostumbradas a la tierra,
porque la cara de la muerte es verde,
y la mirada de la muerte es verde,
con la aguda humedad de una hoja de violeta
y su grave color de invierno exasperado.

Pero la muerte va también por el mundo vestida de escoba,
lame el suelo buscando difuntos,
la muerte está en la escoba,
es la lengua de la muerte buscando muertos,
es la aguja de la muerte buscando hilo.

La muerte está en los catres:
en los colchones lentos, en las frazadas negras
vive tendida, y de repente sopla:
sopla un sonido oscuro que hincha sábanas,
y hay camas navegando a un puerto
en donde está esperando, vestida de almirante.

De *Residencia en la Tierra* 2, 1935.

WALKING AROUND

Sucede que me canso de ser hombre.
Sucede que entro en las sastrerías y en los cines
marchito, impenetrable, como un cisne de fieltro
navegando en un agua de origen y ceniza.

El olor de las peluquerías me hace llorar a gritos.
Sólo quiero un descanso de piedras o de lana,
sólo quiero no ver establecimientos ni jardines,
ni mercaderías, ni anteojos, ni ascensores.

Sucede que me canso de mis pies y mis uñas
y mi pelo y mi sombra.
Sucede que me canso de ser hombre.

Sin embargo sería delicioso
asustar a un notario con un lirio cortado
o dar muerte a una monja con un golpe de oreja.
Sería bello
ir por las calles con un cuchillo verde
y dando gritos hasta morir de frío.

No quiero seguir siendo raíz en las tinieblas,
vacilante, extendido, tiritando de sueño,
hacia abajo, en las tripas mojadas de la tierra,
absorbiendo y pensando, comiendo cada día.

No quiero para mí tantas desgracias.
No quiero continuar de raíz y de tumba,

de subterráneo solo, de bodega con muertos,
aterido, muriéndome de pena.

Por eso el día lunes arde como el petróleo
cuando me ve llegar con mi cara de cárcel,
y aúlla en su transcurso como una rueda herida,
y da pasos de sangre caliente hacia la noche.

Y me empuja a ciertos rincones, a ciertas casas húmedas,
a hospitales donde los huesos salen por la ventana,
a ciertas zapaterías con olor a vinagre,
a calles espantosas como grietas.

Hay pájaros de color de azufre y horribles intestinos
colgando de las puertas de las casas que odio,
hay dentaduras olvidadas en una cafetera,
hay espejos
que debieran haber llorado de vergüenza y espanto,
hay paraguas en todas partes, y venenos, y ombligos.

Yo paseo con calma, con ojos, con zapatos,
con furia, con olvido,
paso, cruzo oficinas y tiendas de ortopedia,
y patios donde hay ropas colgadas de un alambre:
calzoncillos, toallas y camisas que lloran
lentas lágrimas sucias.

De *Residencia en la Tierra* 2, 1935.

ENFERMEDADES EN MI CASA

Cuando el deseo de alegría con sus dientes de rosa
escarba los azufres caídos durante muchos meses
y su red natural, sus cabellos sonando
a mis habitaciones extinguidas con ronco paso llegan,
allí la rosa de alambre maldito
golpea con arañas las paredes
y el vidrio roto hostiliza la sangre,
y las uñas del cielo se acumulan,
de tal modo que no se puede salir, que no se puede dirigir
un asunto estimable,
es tanta la niebla, la vaga niebla cagada por los pájaros,
es tanto el humo convertido en vinagre
y el agrio aire que horada las escalas:
en ese instante en que el día se cae con las plumas deshechas,
no hay sino llanto, nada más que llanto,
porque sólo sufrir, solamente sufrir,
y nada más que llanto.

El mar se ha puesto a golpear por años una pata de pájaro,
y la sal golpea y la espuma devora,
las raíces de un árbol sujetan una mano de niña,
las raíces de un árbol más grande que una mano de niña,
más grande que una mano del cielo,
y todo el año trabajan, cada día de luna
sube sangre de niña hacia las hojas manchadas por la luna,
y hay un planeta de terribles dientes
envenenando el agua en que caen los niños,
cuando es de noche, y no hay sino la muerte,
solamente la muerte, y nada más que el llanto.

Como un grano de trigo en el silencio, pero
a quién pedir piedad por un grano de trigo?
Ved cómo están las cosas: tantos trenes,
tantos hospitales con rodillas quebradas,
tantas tiendas con gentes moribundas:
entonces, cómo? cuándo?
a quién pedir por unos ojos del color de un mes frío,
y por un corazón del tamaño del trigo que vacila?
No hay sino ruedas y consideraciones,
alimentos progresivamente distribuidos,
líneas de estrellas, copas
en donde nada cae, sino sólo la noche,
nada más que la muerte.

Hay que sostener los pasos rotos.
Cruzar entre tejados y tristezas mientras arde
una cosa quemada con llamas de humedad,
una cosa entre trapos tristes como la lluvia,
algo que arde y solloza,
un síntoma, un silencio.

Entre abandonadas conversaciones y objetos respirados,
entre las flores vacías que el destino corona y abandona,
hay un río que cae en una herida,
hay el océano golpeando una sombra de flecha quebrantada,
hay todo el cielo agujereando un beso.

Ayudadme, hojas que mi corazón ha adorado en silencio,
ásperas travesías, inviernos del sur, cabelleras
de mujeres mojadas en mi sudor terrestre,
luna del sur del cielo deshojado,

venid a mí con un día sin dolor,
con un mínimo en que pueda reconocer mis venas.

Estoy cansado de una gota,
estoy herido en solamente un pétalo,
y por un agujero de alfiler sube un río de sangre sin consuelo,
y me ahogo en las aguas del rocío que se pudre en la sombra,
y por una sonrisa que no crece, por una boca dulce,
por unos dedos que el rosal quisiera
escribo este poema que sólo es un lamento,
solamente un lamento.

De *Residencia en la Tierra* 2, 1935.

ALBERTO ROJAS GIMÉNEZ VIENE VOLANDO

Entre plumas que asustan, entre noches,
entre magnolias, entre telegramas,
entre el viento del sur y el oeste marino,
     vienes volando.

Bajo las tumbas, bajo las cenizas,
bajo los caracoles congelados,
bajo las últimas aguas terrestres,
     vienes volando.

Más abajo, entre niñas sumergidas,
y plantas ciegas, y pescados rotos,
más abajo, entre nubes otra vez,
     vienes volando.

Más allá de la sangre y de los huesos,
más allá del pan, más allá del vino,
más allá del fuego,
     vienes volando.

Más allá del vinagre y de la muerte,
entre putrefacciones y violetas,
con tu celeste voz y tus zapatos húmedos,
     vienes volando.

Sobre diputaciones y farmacias,
y ruedas, y abogados, y navíos,
y dientes rojos recién arrancados,
     vienes volando.

Sobre ciudades de tejado hundido
en que grandes mujeres se destrenzan
con anchas manos y peines perdidos,
        vienes volando.

Junto a bodegas donde el vino crece
con tibias manos turbias, en silencio,
con lentas manos de madera roja,
        vienes volando.

Entre aviadores desaparecidos,
al lado de canales y de sombras,
al lado de azucenas enterradas,
        vienes volando.

Entre botellas de color amargo,
entre anillos de anís y desventura,
levantando las manos y llorando,
        vienes volando.

Sobre dentistas y congregaciones,
sobre cines, y túneles, y orejas,
con traje nuevo y ojos extinguidos,
        vienes volando.

Sobre tu cementerio sin paredes
donde los marineros se extravían,
mientras la lluvia de tu muerte cae,
        vienes volando.

Mientras la lluvia de tus dedos cae,
mientras la lluvia de tus huesos cae,
mientras tu médula y tu risa caen,
    vienes volando.

Sobre las piedras en que te derrites,
corriendo, invierno abajo, tiempo abajo,
mientras tu corazón desciende en gotas,
    vienes volando.

No estás allí, rodeado de cemento,
y negros corazones de notarios,
y enfurecidos huesos de jinetes:
    vienes volando.

Oh amapola marina, oh deudo mío,
oh guitarrero vestido de abejas,
no es verdad tanta sombra en tus cabellos:
    vienes volando.

No es verdad tanta sombra persiguiéndote,
no es verdad tantas golondrinas muertas,
tanta región oscura con lamentos:
    vienes volando.

El viento negro de Valparaíso
abre sus alas de carbón y espuma
para barrer el cielo donde pasas:
    vienes volando.

Hay vapores, y un frío de mar muerto,
y silbatos, y meses, y un olor
de mañana lloviendo y peces sucios:
  vienes volando.

Hay ron, tú y yo, y mi alma donde lloro,
y nadie y nada, sino una escalera
de peldaños quebrados, y un paraguas:
  vienes volando.

Allí está el mar. Bajo de noche y te oigo
venir volando bajo el mar sin nadie,
bajo el mar que me habita, oscurecido:
  vienes volando.

Oigo tus alas y tu lento vuelo,
y el agua de los muertos me golpea
como palomas ciegas y mojadas:
  vienes volando.

Vienes volando, solo, solitario,
solo entre muertos, para siempre solo,
vienes volando sin sombra y sin nombre,
sin azúcar, sin boca, sin rosales,
  vienes volando.

ENTRADA A LA MADERA

Con mi razón apenas, con mis dedos,
con lentas aguas lentas inundadas,
caigo al imperio de los nomeolvides,
a una tenaz atmósfera de luto,
a una olvidada sala decaída,
a un racimo de tréboles amargos.

Caigo en la sombra, en medio
de destruidas cosas,
y miro arañas, y apaciento bosques
de secretas maderas inconclusas,
y ando entre húmedas fibras arrancadas
al vivo ser de sustancia y silencio.

Dulce materia, oh rosa de alas secas,
en mi hundimiento tus pétalos subo
con pies pesados de roja fatiga,
y en tu catedral dura me arrodillo
golpeándome los labios con un ángel.

Es que soy yo ante tu color de mundo,
ante tus pálidas espadas muertas,
ante tus corazones reunidos,
ante tu silenciosa multitud.

Soy yo ante tu ola de olores muriendo,
envueltos en otoño y resistencia:
soy yo emprendiendo un viaje funerario
entre tus cicatrices amarillas:

soy yo con mis lamentos sin origen,
sin alimentos, desvelado, solo,
entrando oscurecidos corredores,
llegando a tu materia misteriosa.

Veo moverse tus corrientes secas,
veo crecer manos interrumpidas,
oigo tus vegetales oceánicos
crujir de noche y furia sacudidos,
y siento morir hojas hacia adentro,
incorporando materiales verdes
a tu inmovilidad desamparada.

Poros, vetas, círculos de dulzura,
peso, temperatura silenciosa,
flechas pegadas a tu alma caída,
seres dormidos en tu boca espesa,
polvo de dulce pulpa consumida,
ceniza llena de apagadas almas,
venid a mí, a mi sueño sin medida,
caed en mi alcoba en que la noche cae
y cae sin cesar como agua rota,
y a vuestra vida, a vuestra muerte asidme,
a vuestros materiales sometidos,
a vuestras muertas palomas neutrales,
y hagamos fuego, y silencioso, y sonido,
y ardamos, y callemos, y campanas.

De *Residencia en la Tierra* 2, 1935.

EXPLICO ALGUNAS COSAS

Preguntaréis: Y dónde están las lilas?
Y la metafísica cubierta de amapolas?
Y la lluvia que a menudo golpeaba
sus palabras llenándolas
de agujeros y pájaros?

Os voy a contar todo lo que me pasa.

Yo vivía en un barrio
de Madrid, con campanas,
con relojes, con árboles.

Desde allí se veía
el rostro seco de Castilla
como un océano de cuero.
Mi casa era llamada
la casa de las flores, porque por todas partes
estallaban geranios: era
una bella casa
con perros y chiquillos.
Raúl, te acuerdas?
Te acuerdas, Rafael?
Federico, te acuerdas
debajo de la tierra,
te acuerdas de mi casa con balcones en donde
la luz de junio ahogaba flores en tu boca?
Hermano, hermano!
Todo eran grandes voces, sal de mercaderías,
aglomeraciones de pan palpitante,

mercados de mi barrio de Argüelles con su estatua
como un tintero pálido entre las merluzas:
el aceite llegaba a las cucharas,
un profundo latido
de pies y manos llenaba las calles,
metros, litros, esencia
aguda de la vida,
pescados hacinados,
contextura de techos con sol frío en el cual
la flecha se fatiga,
delirante marfil fino de las patatas,
tomates repetidos hasta el mar.

Y una mañana todo estaba ardiendo
y una mañana las hogueras
salían de la tierra
devorando seres,
y desde entonces fuego,
pólvora desde entonces,
y desde entonces sangre.

Bandidos con aviones y con moros,
bandidos con sortijas y duquesas,
bandidos con frailes negros bendiciendo
venían por el cielo a matar niños,
y por las calles la sangre de los niños
corría simplemente, como sangre de niños.

Chacales que el chacal rechazaría,
piedras que el cardo seco mordería escupiendo,
víboras que las víboras odiarían!

Frente a vosotros he visto la sangre
de España levantarse
para ahogaros en una sola ola
de orgullo y de cuchillos!

Generales
traidores:
mirad mi casa muerta,
mirad España rota:
pero de cada casa muerta sale metal ardiendo
en vez de flores,
pero de cada hueco de España
sale España,
pero de cada niño muerto sale un fusil con ojos,
pero de cada crimen nacen balas
que os hallarán un día el sitio
del corazón.

Preguntaréis por qué su poesía
no nos habla del sueño, de las hojas,
de los grandes volcanes de su país natal?

Venid a ver la sangre por las calles,
venid a ver
la sangre por las calles,
venid a ver la sangre
por las calles!

De *Tercera Residencia* (IV: España en el corazón), 1947.

4

ALTURAS DE MACCHU PICCHU

I

Del aire al aire, como una red vacía,
iba yo entre las calles y la atmósfera, llegando y despidiendo,
en el advenimiento del otoño la moneda extendida
de las hojas, y entre la primavera y las espigas,
lo que el más grande amor, como dentro de un guante
que cae, nos entrega como una larga luna.

(Días de fulgor vivo en la intemperie
de los cuerpos: aceros convertidos
al silencio del ácido:
noches deshilachadas hasta la última harina:
estambres agredidos de la patria nupcial).

Alguien que me esperó entre los violines
encontró un mundo como una torre enterrada
hundiendo su espiral más abajo de todas
las hojas de color de ronco azufre:
más abajo, en el oro de la geología,
como una espada envuelta de meteoros,
hundí la mano turbulenta y dulce
en lo más genital de lo terrestre.

Puse la frente entre las olas profundas,
descendí como gota entre la paz sulfúrica,
y, como un ciego, regresé al jazmín
de la gastada primavera humana.

De *Canto General*, 1950.

ALTURAS DE MACCHU PICCHU, XII

Sube a nacer conmigo, hermano.

Dame la mano desde la profunda
zona de tu dolor diseminado.
No volverás del fondo de las rocas.
No volverás del tiempo subterráneo.
No volverá tu voz endurecida.
No volverán tus ojos taladrados.
Mírame desde el fondo de la tierra,
labrador, tejedor, pastor callado:
domador de guanacos tutelares:
albañil del andamio desafiado:
aguador de las lágrimas andinas:
joyero de los dedos machacados:
agricultor temblando en la semilla:
alfarero en tu greda derramado:
traed a la copa de esta nueva vida
vuestros viejos dolores enterrados.
Mostradme vuestra sangre y vuestro surco,
decidme: aquí fui castigado,
porque la joya no brilló o la tierra
no entregó a tiempo la piedra o el grano:
señaladme la piedra en que caisteis
y la madera en que os crucificaron,
encendedme los viejos pedernales,
las viejas lámparas, los látigos pegados
a través de los siglos en las llagas
y las hachas de brillo ensangrentado.
Yo vengo a hablar por vuestra boca muerta.

A través de la tierra juntad todos
los silenciosos labios derramados
y desde el fondo habladme toda esta larga noche
como si yo estuviera con vosotros anclado,
contadme todo, cadena a cadena,
eslabón a eslabón, y paso a paso,
afilad los cuchillos que guardasteis,
ponedlos en mi pecho y en mi mano,
como un río de rayos amarillos,
como un río de tigres enterrados,
y dejadme llorar, horas, días, años,
edades ciegas, siglos estelares.

Dadme el silencio, el agua, la esperanza.

Dadme la lucha, el hierro, los volcanes.

Apegadme los cuerpos como imanes.

Acudid a mis venas y a mi boca.

Hablad por mis palabras y mi sangre.

De *Canto General* (II: Alturas de Macchu Picchu), 1950.

LA TIERRA SE LLAMA JUAN

Detrás de los libertadores estaba Juan
trabajando, pescando y combatiendo,
en su trabajo de carpintería o en su mina mojada.
Sus manos han arado la tierra y han medido
los caminos.
Sus huesos están en todas partes.
Pero vive. Regresó de la tierra. Ha nacido.
Ha nacido de nuevo como una planta eterna.
Toda la noche impura trató de sumergirlo
y hoy afirma en la aurora sus labios indomables.
Lo ataron, y es ahora decidido soldado.
Lo hirieron, y mantiene su salud de manzana.
Le cortaron las manos, y hoy golpea con ellas.
Lo enterraron, y viene cantando con nosotros.
Juan, es tuya la puerta y el camino.
La tierra
es tuya, pueblo, la verdad ha nacido
contigo, de tu sangre.
No pudieron exterminarte. Tus raíces,
árbol de humanidad,
árbol de eternidad,
hoy están defendidas con acero,
hoy están defendidas con tu propia grandeza
en la patria soviética, blindada
contra las mordeduras del lobo agonizante.

Pueblo, del sufrimiento nació el orden.

Del orden tu bandera de victoria ha nacido.

Levántala con todas las manos que cayeron,
defiéndela con todas las manos que se juntan:
y que avance a la lucha final, hacia la estrella
la unidad de tus rostros invencibles.

De *Canto General* (VIII: La tierra se llama Juan), 1950.

QUIERO VOLVER AL SUR (1941)

Enfermo en Veracruz, recuerdo un día
del Sur, mi tierra, un día de plata
como un rápido pez en el agua del cielo.
Loncoche, Lonquimay, Carahue, desde arriba
esparcidos, rodeados por silencio y raíces,
sentados en sus tronos de cueros y maderas.
El Sur es un caballo echado a pique
coronado con lentos árboles y rocío,
cuando levanta el verde hocico caen las gotas,
la sombra de su cola moja el gran archipiélago
y en su intestino crece el carbón venerado.
Nunca más, dime, sombra, nunca más, dime, mano,
nunca más, dime, pie, puerta, pierna, combate,
trastornarás la selva, el camino, la espiga,
la niebla, el frío, lo que, azul, determinaba
cada uno de tus pasos sin cesar consumidos?
Cielo, déjame un día de estrella a estrella irme
pisando luz y pólvora, destrozando mi sangre
hasta llegar al nido de la lluvia!
Quiero ir
detrás de la madera por el río
Toltén fragante, quiero salir de los aserraderos,
entrar en las cantinas con los pies empapados,
guiarme por la luz del avellano eléctrico,
tenderme junto al excremento de las vacas,
morir y revivir mordiendo trigo.

Océano, tráeme
un día del Sur, un día agarrado a tus olas,
un día de árbol mojado, trae un viento
azul polar a mi bandera fría!

De *Canto General* (VI: América, no invoco tu nombre en vano), 1950.

HIMNO Y REGRESO (1939)

Patria, mi patria, vuelvo hacia ti la sangre.
Pero te pido, como a la madre el niño
lleno de llanto.
Acoge
esta guitarra ciega
y esta frente perdida.
Salí a encontrarte hijos por la tierra,
salí a cuidar caídos con tu nombre de nieve,
salí a hacer una casa con tu madera pura,
salí a llevar tu estrella a los héroes heridos.

Ahora quiero dormir en tu sustancia.
Dame tu clara noche de penetrantes cuerdas,
tu noche de navío, tu estatura estrellada.

Patria mía: quiero mudar de sombra.
Patria mía: quiero cambiar de rosa.
Quiero poner mi brazo en tu cintura exigua
y sentarme en tus piedras por el mar calcinadas,
a detener el trigo y mirarlo por dentro.

Voy a escoger la flora delgada del nitrato,
voy a hilar el estambre glacial de la campana,
y mirando tu ilustre y solitaria espuma
un ramo litoral tejeré a tu belleza.

Patria, mi patria
toda rodeada de agua combatiente
y nieve combatida,

en ti se junta el águila al azufre,
y en tu antártica mano de armiño y de zafiro
una gota de pura luz humana
brilla encendiendo el enemigo cielo.

Guarda tu luz, oh patria!, mantén
tu dura espiga de esperanza en medio
del ciego aire temible.
En tu remota tierra ha caído toda esta luz difícil,
este destino de los hombres
que te hace defender una flor misteriosa
sola, en la inmensidad de América dormida.

De *Canto General* (VI: América, no invoco tu nombre en vano), 1950.

EDUCACIÓN DEL CACIQUE

Lautaro era una flecha delgada.
Elástico y azul fue nuestro padre.
Fue su primera edad sólo silencio.
Su adolescencia fue dominio.
Su juventud fue un viento dirigido.
Se preparó como una larga lanza.
Acostumbró los pies en las cascadas.
Educó la cabeza en las espinas.
Ejecutó las pruebas del guanaco.
Vivió en las madrigueras de la nieve.
Acechó la comida de las águilas.
Arañó los secretos del peñasco.
Entretuvo los pétalos del fuego.
Se amamantó de primavera fría.
Se quemó en las gargantas infernales.
Fue cazador entre las aves crueles.
Se tiñeron sus manos de victorias.
Leyó las agresiones de la noche.
Sostuvo los derrumbes del azufre.

Se hizo velocidad, luz repentina.

Tomó las lentitudes del otoño.
Trabajó en las guaridas invisibles.
Durmió en las sábanas del ventisquero.
Igualó la conducta de las flechas.
Bebió la sangre agreste en los caminos.
Arrebató el tesoro de las olas.
Se hizo amenaza como un dios sombrío.

Comió en cada cocina de su pueblo.
Aprendió el alfabeto del relámpago.
Olfateó las cenizas esparcidas.
Envolvió el corazón con pieles negras.

Descifró el espiral hilo del humo.
Se construyó de fibras taciturnas.
Se aceitó como el alma de la oliva.
Se hizo cristal de transparencia dura.
Estudió para viento huracanado.
Se combatió hasta apagar la sangre.

Sólo entonces fue digno de su pueblo.

De *Canto General* (IV: Los libertadores), 1950.

BERNARDO O'HIGGINS RIQUELME (1810)

O'Higgins, para celebrarte
a media luz hay que alumbrar la sala.
A media luz del sur en otoño
con temblor infinito de álamos.

Eres Chile, entre patriarca y huaso,
eres un poncho de provincia, un niño
que no sabe su nombre todavía,
un niño férreo y tímido en la escuela,
un jovencito triste de provincia.
En Santiago te sientes mal, te miran
el traje negro que te queda largo,
y al cruzarte la banda, la bandera
de la patria que nos hiciste,
tenía olor de yuyo matutino
para tu pecho de estatua campestre.

Joven, tu profesor Invierno
te acostumbró a la lluvia
y en la Universidad de las calles de Londres,
la niebla y la pobreza te otorgaron sus títulos
y un elegante pobre, errante incendio
de nuestra libertad,
te dio consejos de águila prudente
y te embarcó en la Historia.

"Cómo se llama usted?" reían
los "caballeros" de Santiago:
hijo de amor, de una noche de invierno,

tu condición de abandonado
te construyó con argamasa agreste,
con seriedad de casa o de madera
trabajada en su Sur, definitiva.
Todo lo cambia el tiempo, todo menos tu rostro.

Eres, O'Higgins, reloj invariable
con una sola hora en tu cándida esfera:
la hora de Chile, el único minuto
que permanece en el horario rojo
de la dignidad combatiente.

Así estarás igual entre los muebles
de palisandro y las hijas de Santiago,
que rodeado en Rancagua por la muerte y la pólvora.

Eres el mismo sólido retrato
de quien no tiene padre sino patria,
de quien no tiene novia sino aquella
tierra con azahares
que te conquistará la artillería.

Te veo en el Perú escribiendo cartas.
No hay desterrado igual, mayor exilio.
Es toda la provincia desterrada.

Chile se iluminó como un salón
cuando no estabas. En derroche,
un rigodón de ricos sustituye
tu disciplina de soldado ascético,
y la patria ganada por tu sangre

sin ti fue gobernada como un baile
que mira el pueblo hambriento desde fuera.

Ya no podías entrar en la fiesta
con sudor, sangre y polvo de Rancagua.
Hubiera sido de mal tono
para los caballeros capitales.
Hubiera entrado contigo el camino,
un olor de sudor y de caballos,
el olor de la patria en primavera.

No podías estar en este baile.
Tu fiesta fue un castillo de explosiones.
Tu baile desgreñado es la contienda.
Tu fin de fiesta fue la sacudida
de la derrota, el porvenir aciago
hacia Mendoza, con la patria en brazos.

Ahora mira en el mapa hacia abajo,
hacia el delgado cinturón de Chile
y coloca en la nieve soldaditos,
jóvenes pensativos en la arena,
zapadores que brillan y se apagan.

Cierra los ojos, duerme, sueña un poco,
tu único sueño, el único que vuelve
hacia tu corazón: una bandera
de tres colores en el Sur, cayendo
la lluvia, el sol rural sobre tu tierra,
los disparos del pueblo en rebeldía
y dos o tres palabras tuyas cuando

fueran estrictamente necesarias.
Si sueñas, hoy tu sueño está cumplido.
Suéñalo, por lo menos, en la tumba.
No sepas nada más porque, como antes,
después de las batallas victoriosas,
bailan los señoritos en palacio
y el mismo rostro hambriento
mira desde la sombra de las calles.

Pero hemos heredado tu firmeza,
tu inalterable corazón callado,
tu indestructible posición paterna,
y tú, entre la avalancha cegadora
de húsares del pasado, entre los ágiles
uniformes azules y dorados,
estás hoy con nosotros, eres nuestro,
padre del pueblo, inmutable soldado.

Pablo Neruda esencial

De *Canto General* (IV: Los libertadores), 1950.

JOSÉ MIGUEL CARRERA (1810)

EPISODIO

Dijiste Libertad antes que nadie,
cuando el susurro iba de piedra en piedra,
escondido en los patios, humillado.

Dijiste Libertad antes que nadie.
Liberaste al hijo del esclavo.
Iban como las sombras mercaderes
vendiendo sangre de mares extraños.
Liberaste al hijo del esclavo.

Estableciste la primera imprenta.
Llegó la letra al pueblo oscurecido,
la noticia secreta abrió los labios.
Estableciste la primera imprenta.
Implantaste la escuela en el convento.
Retrocedió la gorda telaraña
y el rincón de los diezmos sofocantes.
Implantaste la escuela en el convento.

MANUEL RODRÍGUEZ (Cuecas)

CUECA

Vida   Señora, dicen que dónde,
mi madre dicen, dijeron,
el agua y el viento dicen
que vieron al guerrillero.

Puede ser un obispo,
puede y no puede,
puede ser sólo el viento
sobre la nieve:
sobre la nieve, sí,
madre, no mires,
que viene galopando
Manuel Rodríguez.

Ya viene el guerrillero
por el estero.

CUECA

Pasión   Saliendo de Melipilla,
corriendo por Talagante,
cruzando por San Fernando,
amaneciendo en Pomaire.

Pasando por Rancagua,
por San Rosendo,
por Cauquenes, por Chena,

por Nacimiento:
por Nacimiento, sí,
desde Chiñigüe,
por todas partes
viene Manuel Rodríguez.

Pásale este clavel.
Vamos con él.

CUECA

Y muerte Que se apaguen las guitarras,
que la patria está de duelo.
Nuestra tierra se oscurece.
Mataron al guerrillero.

En Til-Til lo mataron
los asesinos,
su espada está sangrando
sobre el camino:
sobre el camino, sí,
quién lo diría,
él, que era nuestra sangre,
nuestra alegría.

La tierra está llorando.
Vamos callando.

De *Canto General* (IV: Los libertadores), 1950.

ROMANCE DE LOS CARRERA

Para saber y contar
esta historia verdadera
la tendremos que llorar:
no hay otra más lastimera,
no hay otra más deslumbrante
en toda la patria entera,
como la historia enlutada
de los hermanos Carrera.

Príncipe de los caminos,
hermoso como un clavel,
embriagador como el vino
era don José Miguel.
Una descarga en su pecho
abrió un manantial morado,
pasan y pasan los años,
la herida no se ha cerrado.

Quién fue el primero que dijo
libertad en nuestra tierra
sin reyes y sin tiranos?
Don José Miguel Carrera.

Tarde triste de Mendoza:
conducidos por su suerte,
uno por uno llegaron
los hermanos a la muerte.

En revista *Zig-Zag*, Santiago, 8-9-1956. (Musicalizado por Vicente Bianchi).

CANTO A BERNARDO O'HIGGINS

Quién será este hombre tranquilo,
sencillo como un sendero,
valiente como ninguno,
Bernardo te llamaremos.
Sólo Bernardo te llamas,
hijo del campo y del pueblo,
niño triste, roble solo,
lámpara de Chillán Viejo.

Pero la patria te llama y vienes
y se despliega tu nombre,
Bernardo O'Higgins Riquelme,
como si fuera una bandera
al viento de las batallas
y en primavera,
al viento de las batallas
y en primavera.

O'Higgins, nos enseñaste
y nos sigues enseñando,
que patria sin libertad
es pan, pero pan amargo.

De ti heredamos la lucha
orgullo de los chilenos,
tu corazón encendido
continuará combatiendo.

En diario *El Siglo*, 18 septiembre 1959. (Musicalizado por Vicente Bianchi).

Poesía

5

MAESTRANZAS DE NOCHE

Hierro negro que duerme, fierro negro que gime
por cada poro un grito de desconsolación.

Las cenizas ardidas sobre la tierra triste,
los caldos en que el bronce derritió su dolor.

Aves de qué lejano país desventurado
graznaron en la noche dolorosa y sin fin?

Y el grito se me crispa como un nervio enroscado
o como la cuerda rota de un violín.

Cada máquina tiene una pupila abierta
para mirarme a mí.

En las paredes cuelgan las interrogaciones,
florece en las bigornias el alma de los bronces
y hay un temblor de pasos en los cuartos desiertos.

Y entre la noche negra —desesperadas— corren
y sollozan las almas de los obreros muertos.

De *Crepusculario*, 1923.

ODA AL ALBAÑIL TRANQUILO

El albañil
dispuso
los ladrillos.
Mezcló la cal, trabajó
con arena.

Sin prisa, sin palabras,
hizo sus movimientos
alzando la escalera,
nivelando
el cemento.

Hombros redondos, cejas
sobre unos ojos
serios.

Pausado iba y venía
en su trabajo
y de su mano
la materia
crecía.
La cal cubrió los muros,
una columna
elevó su linaje,
los techos
impidieron la furia
del sol exasperado.

De un lado a otro iba
con
tranquilas manos
el albañil
moviendo
materiales.
Y al fin
de
la semana,
las columnas, el
arco,
hijos de
cal, arena,
sabiduría y manos,
inauguraron
la sencilla firmeza
y la frescura.

Ay, qué lección
me dio con su trabajo
el albañil tranquilo!

De Tercer *libro de las Odas,* 1957.

SINFONÍA DE LA TRILLA

Sacude las épicas eras
un loco viento festival.
      Ah yeguayeguaa!...
Como un botón en primavera
se abre un relincho de cristal.

Revienta la espiga gallarda
bajo las patas vigorosas.
      Ah yeguayeguaa!...
Por aumentar la zalagarda
trillarían las mariposas!

Maduros trigos amarillos,
campos expertos en donar.
      Ah yeguayeguaa!...
Hombres de corazón sencillo.
Qué más podemos esperar?

Éste es el fruto de tu ciencia,
varón de la mano callosa.
      Ah yeguayeguaa!...
Sólo por falta de paciencia
las copihueras no dan rosas!

De *Crepusculario*, 1923.

CARTA PARA QUE ME MANDEN MADERA

Ahora para hacer la casa,
tráiganme maderas del Sur,
tráiganme tablas y tablones,
vigas, listones, tejuelas,
quiero ver llegar el perfume,
quiero que suenen descargando
el sonido del Sur que traen.

Cómo puedo vivir tan lejos
de lo que amé, de lo que amo?
De las estaciones envueltas
por vapor y por humo frío?
Aunque murió hace tantos años
por allí debe andar mi padre
con el poncho lleno de gotas
y la barba color de cuero.

La barba color de cebada
que recorría los ramales,
el corazón del aguacero,
y que alguien se mida conmigo
a tener padre tan errante,
a tener padre tan llovido:
su tren iba desesperado
entre las piedras de Carahue,
por los rieles de Collipulli,
en las lluvias de Puerto Varas.
Mientras yo acechaba perdices
o coleópteros violentos,

buscaba el color del relámpago,
buscaba un aroma indeleble,
flor arbitraria o miel salvaje,
mi padre no perdía el tiempo:
sobre el invierno establecía
el sol de sus ferrocarriles.

Yo perdí la lluvia y el viento
y qué he ganado, me pregunto?
Porque perdí la sombra verde
a veces me ahogo y me muero:
es mi alma que no está contenta
y busca bajo mis zapatos
cosas gastadas o perdidas.
Tal vez aquella tierra triste
se mueve en mí como un navío:
pero yo cambié de planeta.
La lluvia ya no me conoce.

Y ahora para las paredes,
para las ventanas y el suelo,
para el techo, para las sábanas,
para los platos y la mesa
tráiganme maderas oscuras
secretas como la montaña,
tablas claras y tablas rojas,
alerce, avellano, mañío,
laurel, raulí y ulmo fragante,
todo lo que fue creciendo
secretamente en la espesura,
lo que fue creciendo conmigo:

tienen mi edad esas maderas,
tuvimos las mismas raíces.

Cuando se abra la puerta y entren
los fragmentos de la montaña
voy a respirar y tocar
lo que yo tal vez sigo siendo:
madera de los bosques fríos,
madera dura de Temuco,
y luego veré que el perfume
irá construyendo mi casa,
se levantarán las paredes
con los susurros que perdí,
con lo que pasaba en la selva,
y estaré contento de estar
rodeado por tanta pureza,
por tanto silencio que vuelve
a conversar con mi silencio.

Pablo Neruda esencial

[110]   De *Estravagario*, 1858.

BOTÁNICA

El sanguinario litre y el benéfico boldo
diseminan su estilo
en irritantes besos de animal esmeralda
o antologías de agua oscura entre las piedras.

El chupón en la cima del árbol establece
su dentadura nívea
y el salvaje avellano construye su castillo
de páginas y gotas.
La altamisa y la chépica rodean
los ojos el orégano
y el radiante laurel de la frontera
perfuma las lejanas intendencias.

Quila y quelenquelén de las mañanas.
Idioma frío de las fucsias,
que se va por las piedras tricolores
gritando viva Chile con la espuma!

El dedal de oro espera
los dedos de la nieve
y rueda el tiempo sin su matrimonio
que uniría a los ángeles del fuego y del azúcar.

El mágico canelo
lava en la lluvia su racial ramaje,
y precipita sus lingotes verdes
bajo la vegetal agua del Sur.

La dulce aspa del ulmo
con fanegas de flores
sube las gotas del copihue rojo
a conocer el sol de las guitarras.

La agreste delgadilla
y el celestial poleo
bailan en las praderas con el joven rocío
recientemente armado por el río Toltén.

La indescifrable doca
decapita su púrpura en la arena
y conduce sus triángulos marinos
hacia las secas lunas litorales.

La bruñida amapola,
relámpago y herida, dardo y boca,
sobre el quemante trigo
pone sus puntuaciones escarlata.

La patagua evidente
condecora sus muertos
y teje sus familias
con manantiales y medallas de río.

El paico arregla lámparas
en el clima del Sur, desamparado,
cuando viene la noche
del mar nunca dormido.

El roble duerme solo,
muy vertical, muy pobre, muy mordido,
muy decisivo en la pradera pura
con su traje de roto maltratado
y su cabeza llena de solemnes estrellas.

De *Canto General* (VII: Canto General de Chile), 1950.

CHOROY
Enicognathus Leptorhynchus

Tuvo tantas hojas el árbol
que se caía de riqueza,
con tanto verde parpadeaba
y nunca cerraba los ojos.

Así no se puede dormir.

Pero el follaje palpitante
se fue volando verde y vivo,
cada brote aprendió a volar,
y el árbol se quedó desnudo,
llorando en la lluvia del invierno.

De *Arte de pájaros*, 1966.

AROMOS RUBIOS EN LOS CAMPOS DE LONCOCHE

La pata gris del Malo pisó estas pardas tierras,
hirió estos dulces surcos, movió estos curvos montes,
rasguñó las llanuras guardadas por la hilera
rural de las derechas alamedas bifrontes.

El terraplén yacente removió su cansancio,
se abrió como una mano desesperada el cerro,
en cabalgatas ebrias galopaban las nubes
arrancando de Dios, de la tierra y del cielo.

El agua entró en la tierra mientras la tierra huía
abiertas las entrañas y anegada la frente:
hacia los cuatro vientos, en las tardes malditas,
rodaban —ululando como tigres— los trenes.

Yo soy una palabra de este paisaje muerto,
yo soy el corazón de este cielo vacío:
cuando voy por los campos, con el alma en el viento,
mis venas continúan el rumor de los ríos.

A dónde vas ahora? —Sobre el cielo la greda
del crepúsculo, para los dedos de la noche.
No alumbrarán estrellas... A mis ojos se enredan
aromos rubios en los campos de Loncoche.

De *Crepusculario*, 1923.

ODA AL NIÑO DE LA LIEBRE

A la luz del otoño
en el camino
el niño
levantaba en sus manos
no una flor
ni una lámpara,
sino una liebre muerta.
Los motores rayaban
la carretera fría,
los rostros no miraban
detrás
de los cristales,
eran ojos
de hierro,
orejas
enemigas,
rápidos dientes
que relampagueaban
resbalando
hacia el mar y las ciudades,
y el niño
del otoño
con su liebre,
huraño
como un cardo,
duro
como una piedrecita,
allí
levantando

una mano
hacia la exhalación
de los viajeros.
Nadie
se detenía.
Eran pardas
las altas cordilleras,
cerros
color de puma
perseguido,
morado
era
el silencio
y como
dos ascuas
de diamante
negro
eran
los ojos
del niño con su liebre,
dos puntas
erizadas
de cuchillo,
dos cuchillitos negros
eran los ojos
del niño,
allí perdido
ofreciendo su liebre
en el inmenso
otoño
del camino.

De *Nuevas odas elementales,* 1956.

ODA AL CALDILLO DE CONGRIO

En el mar
tormentoso
de Chile
vive el rosado congrio,
gigante anguila
de nevada carne.
Y en las ollas
chilenas,
en la costa,
nació el caldillo
grávido y suculento,
provechoso.
Lleven a la cocina
el congrio desollado,
su piel manchada cede
como un guante
y al descubierto queda
entonces
el racimo del mar,
el congrio tierno
reluce
ya desnudo,
preparado
para nuestro apetito.
Ahora
recoges
ajos,
acaricia primero
ese marfil

precioso,
huele
su fragancia iracunda,
entonces
deja el ajo picado
caer con la cebolla
y el tomate
hasta que la cebolla
tenga color de oro.
Mientras tanto
se cuecen
con el vapor
los regios
camarones marinos
y cuando ya llegaron
a su punto,
cuando cuajó el sabor
en una salsa
formada por el jugo
del océano
y por el agua clara
que desprendió la luz de la cebolla,
entonces
que entre el congrio
y se sumerja en gloria,
que en la olla
se aceite,
se contraiga y se impregne.
Ya sólo es necesario
dejar en el manjar
caer la crema

como una rosa espesa,
y al fuego
lentamente
entregar el tesoro
hasta que en el caldillo
se calienten
las esencias de Chile,
y a la mesa
lleguen recién casados
los sabores
del mar y de la tierra
para que en ese plato
tú conozcas el cielo.

ODA AL NACIMIENTO DE UN CIERVO

Se acostó la cierva
detrás
de la alambrada.
Sus ojos eran
dos oscuras almendras.
El gran ciervo velaba
y a mediodía
su corona de cuernos
brillaba
como
un altar encendido.

Sangre y agua,
una bolsa turgente,
palpitante,
y en ella
un nuevo ciervo
inerme, informe.

Allí quedó en sus turbias
envolturas
sobre el pasto manchado.
La cierva lo lamía
con su lengua de plata.
No podía moverse,
pero
de aquel confuso,
vaporoso envoltorio,
sucio, mojado, inerte,

fue asomando
la forma
del hociquillo agudo
de la real
estirpe,
los ojos más ovales
de la tierra,
las finas
piernas,
flechas
naturales del bosque.
Lo lamía la cierva
sin cesar, lo limpiaba
de oscuridad, y limpio
lo entregaba a la vida.

Así se levantó,
frágil, pero perfecto,
y comenzó a moverse,
a dirigirse, a ser,
a descubrir las aguas en el monte.
Miró el mundo radiante.

El cielo sobre
su pequeña cabeza
era como una uva
transparente,
y se pegó a las ubres de la cierva
estremeciéndose como si recibiera
sacudidas de luz del firmamento.

De *Tercer libro de las Odas,* 1957.

{TODOS ME PREGUNTABAN CUÁNDO PARTO}*

Todos me preguntaban cuándo parto,
cuándo me voy. Así parece
que uno hubiera sellado en silencio
un contrato terrible:
irse de cualquier modo a alguna parte
aunque no quiera irme a ningún lado.

Señores, no me voy,
yo soy de Iquique,
soy de las viñas negras de Parral,
del agua de Temuco,
de la tierra delgada,
soy y estoy.

* Verso inicial en reemplazo del título que no alcanzó a darle Neruda, pues debió ser uno de los últimos poemas que escribió, y con el cual cerramos nuestra selección.

De *El mar y las campanas*, 1973. Edición póstuma.

II
PROSA

1
EL JOVEN PROVINCIANO

EL BOSQUE CHILENO

Bajo los volcanes, junto a los ventisqueros, entre los grandes lagos, el fragante, el silencioso, el enmarañado bosque chileno... Se hunden los pies en el follaje muerto, crepitó una rama quebradiza, los gigantescos raulíes levantan su encrespada estatura, un pájaro de la selva fría cruza, aletea, se detiene entre los sombríos ramajes. Y luego desde su escondite suena como un oboe... Me entra por las narices hasta el alma el aroma salvaje del laurel, el aroma oscuro del boldo... El ciprés de las guaitecas intercepta mi paso... Es un mundo vertical: una nación de pájaros, una muchedumbre de hojas... Tropiezo en una piedra, escarbo la cavidad descubierta, una inmensa araña de cabellera roja me mira con ojos fijos, inmóvil, grande como un cangrejo... Un cárabo dorado me lanza su emanación mefítica, mientras desaparece como un relámpago su radiante arco iris... Al pasar cruzo un bosque de helechos mucho más alto que mi persona: se me dejan caer en la cara sesenta lágrimas desde sus verdes ojos fríos, y detrás de mí quedan por mucho tiempo temblando sus abanicos... Un tronco podrido: ¡qué tesoro!... Hongos ne-

---

* De *Confieso que he vivido*. Todos los textos que no indiquen otra procedencia, corresponden a este libro, edición póstuma, de 1974.

gros y azules le han dado orejas, rojas plantas parásitas lo han colmado de rubíes, otras plantas perezosas le han prestado sus barbas y brota, veloz, una culebra desde sus entrañas podridas, como una emanación, como que al tronco muerto se le escapara el alma... Más lejos cada árbol se separó de sus semejantes... Se yerguen sobre la alfombra de la selva secreta, y cada uno de los follajes, lineal, encrespado, ramoso, lanceolado, tiene un estilo diferente, como cortado por una tijera de movimientos infinitos... Una barranca; abajo el agua transparente se desliza sobre el granito y el jaspe... Vuela una mariposa pura como un limón, danzando entre el agua y la luz... A mi lado me saludan con sus cabecitas amarillas las infinitas calceolarias... En la altura, como gotas arteriales de la selva mágica se cimbran los copihues rojos (Lapageria rosea)... El copihue rojo es la flor de la sangre, el copihue blanco es la flor de la nieve... En un temblor de hojas atravesó el silencio la velocidad de un zorro, pero el silencio es la ley de estos follajes... Apenas el grito lejano de un animal confuso... La intersección penetrante de un pájaro escondido... El universo vegetal susurra apenas basta que una tempestad ponga en acción toda la música terrestre.

Quien no conoce el bosque chileno, no conoce este planeta.

De aquellas tierras, de aquel barro, de aquel silencio, he salido yo a andar, a cantar por el mundo.

INFANCIA Y POESÍA*

Mis tatarabuelos llegaron a los campos de Parral y plantaron viñas. Tuvieron unas tierras escasas y cantidades de hijos. En el transcurso del tiempo esta familia se acrecentó con hijos que nacían dentro y fuera del hogar. Siempre produjeron vino, un vino intenso y ácido, vino pipeño, sin refinar. Se empobrecieron poco a poco, salieron de la tierra, emigraron, volviendo para morir a las tierras polvorientas del centro de Chile.

Mi padre murió en Temuco, porque era un hombre de otros climas. Allí está enterrado en uno de los cementerios más lluviosos del mundo. Fue mal agricultor, mediocre obrero del dique de Talcahuano, pero buen ferroviario. Mi padre fue ferroviario de corazón. Mi madre podía distinguir en la noche, entre los otros trenes, el tren de mi padre que llegaba o salía de la estación de Temuco.

Pocos saben lo que es un tren lastrero. En la región austral, de grandes vendavales, las aguas se llevarían los rieles, si no les echaran piedrecillas entre los durmientes, sin descuidarlos en ningún momento. Hay que sacar con capachos el lastre de las canteras y volcar la piedra menuda en los carros planos. Hace cuarenta años la tripulación de un tren de esta clase tenía que ser formidable. Tenía que quedarse en los sitios aislados picando piedra. Los salarios de la Empresa eran miserables. No se pedía antecedentes a los que querían trabajar en los trenes lastreros. La cuadrilla estaba formada por gigantescos y musculosos peones. Venían de los cam-

---

* De una evocación autobiográfica leída en el salón de honor de la Universidad de Chile, en enero de 1954. Se incluyó, modificada, en *Confieso que he vivido*.

pos, de los suburbios, de las cárceles. Mi padre era el conductor del tren. Se había acostumbrado a mandar y a obedecer. A veces me arrebataba del colegio y yo me iba en el tren lastrero. Picábamos piedra en Boroa, corazón silvestre de la frontera, escenario de los terribles combates entre españoles y araucanos.

La naturaleza allí me daba una especie de embriaguez. Yo tendría unos diez años, pero ya era poeta. No escribía versos, pero me atraían los pájaros, los escarabajos, los huevos de perdiz. Era milagroso encontrarlos en las quebradas, empavonados, oscuros y relucientes, con un color parecido al del cañón de una escopeta. Me asombraba la perfección de los insectos. Recogía las "madres de la culebra". Con este nombre extravagante se designa al mayor coleóptero, negro, bruñido y fuerte, el titán de los insectos de Chile. Estremece verlo de pronto en los troncos de los maquis y de los manzanos silvestres, de los coigües, pero yo sabía que era tan fuerte que podía pararme con mis dos pies sobre él y no se rompería. Con su gran dureza defensiva no necesitaba veneno.

Estas exploraciones mías llenaban de curiosidad a los trabajadores. Pronto comenzaron a interesarse en mis descubrimientos. Apenas se descuidaba mi padre se largaban por la selva virgen y con más destreza, más inteligencia y más fuerza que yo encontraban para mí tesoros increíbles. Había uno que se llamaba Monge. Según mi padre, el más peligroso cuchillero... Tenía dos grandes líneas en su cara morena. Una era la cicatriz vertical de un cuchillazo y la otra su sonrisa blanca, horizontal, llena de simpatía y de picardía. Este Monge me traía copihues blancos, arañas peludas, crías de torcazas, y una vez descubrió para mí lo más deslumbrante, el coleóptero del coigüe y de la luma. No sé si ustedes lo han visto alguna vez. Yo sólo lo vi en aquella ocasión, porque era un relámpago vestido de arco iris. El rojo y el violeta y el verde y el amarillo deslumbraban en su caparazón y como un relámpago se me escapó de las manos y se volvió a la selva. Ya no estaba Monge para que me lo cazara. Pero nunca me he recobrado de aquella aparición deslumbrante. Tampoco he olvidado a aquel amigo. Mi padre me contó su muerte. Cayó del tren y rodó por un precipicio. Se detuvo el convoy, pero, me decía mi padre, ya sólo era un saco de huesos. Lloré toda una semana.

Temuco es una ciudad pionera, de esas ciudades sin pasado pero con ferreterías. Como los indios no saben leer, las ferreterías ostentan sus notables emblemas en las calles: un inmenso serrucho, una olla gigantesca, un candado ciclópeo, una cuchara antártica. Más allá, las zapaterías, una bota colosal.

Si Temuco era la *avanzada de* la vida chilena en los territorios del sur de Chile, esto significaba una larga historia de sangre.

Al empuje de los conquistadores españoles, después de trescientos años de lucha, los araucanos se replegaron hacia aquellas regiones frías. Pero los chilenos continuaron lo que se llamó "la pacificación de la Araucanía", es decir, la continuación de una guerra a sangre y fuego, para desposeer a nuestros compatriotas de sus tierras. Contra los indios todas las armas se usaron con generosidad: el disparo de carabina, el incendio de sus chozas, y luego, en forma más paternal, se empleó la ley y el alcohol. El abogado se hizo también especialista en el despojo de sus campos, el juez los condenó cuando protestaron, el sacerdote los amenazó con el fuego eterno. Y, por fin, el aguardiente consumó el aniquilamiento de una raza soberbia cuyas proezas, valentía y belleza, dejó grabadas en estrofas de hierro y de jaspe don Alonso de Ercilla en su *Araucana.*

Mis padres llegaron de Parral, donde yo nací. Allí, en el centro de Chile, crecen las viñas y abunda el vino. Sin que yo lo recuerde, sin saber que la miré con mis ojos, murió mi madre doña Rosa Basoalto. Yo nací el 12 de julio de 1904 y, un mes después, en agosto, agotada por la tuberculosis, mi madre ya no existía...

Es difícil dar una idea de una casa como la mía, casa típica de la frontera, hace sesenta años*. En primer lugar, los domicilios familiares se intercomunicaban. Por el fondo de los patios, los Reyes y los Ortegas, los Candia y los Mason se intercambiaban herramientas o libros, tortas de cumpleaños, ungüentos para fricciones, paraguas, mesas y sillas.

Estas casas pioneras cubrían todas las actividades de un pueblo.

Don Carlos Mason, norteamericano de blanca melena, parecido a Emerson, era el patriarca de esta familia.

... Las casas nuestras tenían, pues, algo de campamento. O de empresas descubridoras. Al entrar se veían barricas, aperos, monturas, y objetos indescriptibles.

Quedaban siempre habitaciones sin terminar, escaleras inconclusas. Se hablaba toda la vida de continuar la construcción. Los padres comenzaban a pensar en la universidad para sus hijos.

En la casa de don Carlos Mason se celebraban los grandes festejos.

En toda comida de onomástico había pavos con apio, corderos asados al palo y leche nevada de postre. Hace ya muchos años que no pruebo la leche nevada. El patriarca de pelo blanco se sentaba en la cabecera de la mesa interminable, con su esposa, doña Micaela Candia. Detrás de él había una inmensa bandera chilena, a la que se le había adherido con un alfiler una minúscula banderita norteamericana. Ésa era también la proporción de la sangre. Prevalecía la estrella solitaria de Chile.

---

* Casas de fines del siglo XIX y comienzos del XX.

En esta casa de los Mason había también un salón al que no nos dejaban entrar a los chicos. Nunca supe el verdadero color de los muebles porque estuvieron cubiertos con fundas blancas hasta que se los llevó un incendio. Había allí un álbum con fotografías de la familia. Estas fotos eran más finas y delicadas que las terribles ampliaciones iluminadas que invadieron después la Frontera.

Allí había un retrato de mi madre.
Era una señora vestida de negro, delgada y pensativa. Me han dicho que escribía versos, pero nunca los vi, sino aquel hermoso retrato.

Mi padre se había casado en segundas nupcias con doña Trinidad Candia Marverde, mi madrastra. Me parece increíble tener que dar este nombre al ángel tutelar de mi infancia. Era diligente y dulce, tenía sentido de humor campesino, una bondad activa e infatigable. Apenas llegaba mi padre, ella se transformaba sólo en una sombra suave como todas las mujeres de entonces y de allá.

En aquel salón vi bailar mazurcas y cuadrillas.

Había en mi casa también un baúl con objetos fascinantes. En el fondo relucía un maravilloso loro de calendario. Un día que mi madre revolvía aquella arca sagrada yo me caí de cabeza adentro para alcanzar el loro. Pero cuando fui creciendo la abría secretamente. Había unos abanicos preciosos e impalpables.

Conservo otro recuerdo de aquel baúl. La primera novela de amor que me apasionó. Eran centenares de tarjetas postales, enviadas por alguien que las firmaba no sé si Enrique o Alberto y todas dirigidas a María Thielman. Estas tarjetas eran maravillosas. Eran retratos de las grandes actrices de la época con vidriecitos engastados y a veces cabellera pegada. También había castillos, ciudades y paisajes lejanos. Durante años sólo me complací en las figuras. Pero, a medida que fui creciendo, fui leyendo aquellos mensajes de amor escritos con una perfecta caligrafía. Siempre me imaginé que el galán aquel era un hombre de sombrero hongo, de bastón y brillante en la corbata. Pero aquellas líneas eran de arrebatadora pasión. Estaban enviadas desde todos los puntos del globo por el viajero. Estaban llenas de frases deslumbrantes, de audacia enamorada. Comencé yo a enamorarme también de María Thielman. A ella me la imaginaba como una desdeñosa actriz, coronada de perlas. Pero, cómo habían llegado al baúl de mi madre esas cartas? Nunca pude saberlo.

A la ciudad de Temuco llegó el año 1910.
En este año memorable entré al liceo, un vasto caserón con salas destartaladas y subterráneos sombríos. Desde la altura del liceo, en primavera, se divisaba el ondulante y delicioso río Cautín, con sus márgenes pobladas por manzanos silvestres. Nos escapábamos de las clases para meter los pies en el agua fría que corría sobre las piedras blancas.

Pero el liceo era un terreno de inmensas perspectivas para mis seis años de edad. Todo tenía posibilidad de misterio. El laboratorio de física, al que no me dejaban entrar, lleno de instrumentos deslumbrantes, de retortas y cubetas. La biblioteca, eternamente cerrada. Los hijos de los pioneros no gustaban de la sabiduría. Sin embargo, el sitio de mayor fascinación era el subterráneo. Había allí un silencio y una oscuridad muy grandes. Alumbrándonos con velas jugábamos a la guerra. Los vencedores amarraban a los prisioneros a las viejas columnas. Todavía conservo en la memoria el olor a humedad, a sitio escondido, a tumba, que emanaba del subterráneo del liceo de Temuco.

Fui creciendo. Me comenzaron a interesar los libros. En las hazañas de Buffalo Bill, en los viajes de Salgari, se fue extendiendo mi espíritu por las regiones del sueño.

Los primeros amores, los purísimos, se desarrollaban en cartas enviadas a Blanca Wilson. Esta muchacha era la hija del herrero y uno de los muchachos, perdido de amor por ella, me pidió que le escribiera sus cartas de amor. No recuerdo cómo serían estas cartas, pero tal vez fueron mis primeras obras literarias, pues, cierta vez, al encontrarme con la colegiala, ésta me preguntó si yo era el autor de las cartas que le llevaba su enamorado. No me atreví a renegar de mis obras y muy turbado le respondí que sí. Entonces me pasó un membrillo que por supuesto no quise comer y guardé como un tesoro. Desplazado así mi compañero en el corazón de la muchacha, continué escribiéndole a ella interminables cartas de amor y recibiendo membrillos.

Los muchachos del liceo
no conocían ni respetaban mi condición de poeta.

La Frontera tenía ese sello maravilloso de *Far West* sin prejuicios. Mis compañeros se llamaban Schnakes, Schlers, Hausers, Smiths, Taitos, Seranis. Éramos iguales entre los Aracenas y los Ramírez y los Reyes. No había apellidos vascos. Había sefarditas: Albalas, Francos. Había irlandeses: McGuintys. Polacos: Yanichewkys. Brillaban con luz oscura los apellidos araucanos, olorosos a madera y agua: Melivilus, Catrileos.

Combatíamos, a veces, en el gran galpón cerrado, con bellotas de encina. Nadie que no lo haya recibido sabe lo que duele un bellotazo. Antes de llegar al liceo nos llenábamos los bolsillos de armamentos. Yo tenía escasa capacidad, ninguna fuerza y poca astucia. Siempre llevaba la peor parte. Mientras me entretenía observando la maravillosa bellota, verde y pulida, con su caperuza rugosa y gris, mientras trataba torpemente de fabricarme con ella una de esas pipas que luego me arrebataban, ya me había caído un diluvio de bellotazos en la cabeza. Cuando estaba en el segundo año se me ocurrió llevar un sombrero impermeable de color verde vivo. Este sombrero pertenecía a mi padre; como su manta de Castilla, sus faroles de señales verdes y rojas que estaban cargados de fascinación para mí y apenas podía los llevaba al colegio para pavonearme con ellos... Esta vez llovía implacablemente y nada más formidable que el sombrero de hule verde que parecía un loro. Apenas llegué al galpón en que corrían como locos trescientos forajidos, mi sombrero voló como un loro. Yo lo perseguía y cuando lo iba a cazar volaba de nuevo entre los aullidos más ensordecedores que escuché jamás. Nunca lo volví a ver.

EL ARTE DE LA LLUVIA

Así como se desataban el frío, la lluvia y el barro de las calles, es decir, el cínico y desmantelado invierno del sur de América, el verano también llegaba a esas regiones, amarillo y abrasador. Estábamos rodeados de montañas vírgenes, pero yo quería conocer el mar. Por suerte mi voluntarioso padre consiguió una casa prestada de uno de sus numerosos compadres ferroviarios. Mi padre, el conductor, en plenas tinieblas, a las cuatro de la noche (nunca he sabido por qué se dice las cuatro de la mañana) despertaba a toda la casa con su pito de conductor. Desde ese minuto no había paz, ni tampoco había luz, y entre velas cuyas llamitas se doblegaban por causa de las rachas que se colaban por todas partes, mi madre, mis hermanos Laura, Rodolfo y la cocinera corrían de un lado a otro enrollando grandes colchones que se transformaban en pelotas inmensas envueltas en telas de yute que eran apresuradamente corridas por las mujeres. Había que embarcar las camas en el tren. Estaban calientes todavía los colchones cuando partían a la estación cercana. Enclenque y feble por naturaleza, sobresaltado, en mitad del sueño, yo sentía náuseas y escalofríos. Mientras tanto los trajines seguían, sin terminar nunca, en la casa. No había cosa que no se llevaran para ese mes de vacaciones pobres. Hasta los secadores de mimbre, que se ponían sobre los braseros encendidos para secar las sábanas y la ropa perpetuamente humedecida por el clima, eran etiquetados y metidos en la carreta que esperaba los bultos.

El tren recorría un trozo de aquella provincia fría desde Temuco hasta Carahue. Cruzaba inmensas extensiones deshabitadas sin cultivos, cruzaba los bosques vírgenes, sonaba como un terremoto por túneles y puentes. Las estaciones quedaban aisladas en medio del campo, entre aromos y manzanos floridos. Los indios araucanos con sus ropas rituales y su majestad ancestral esperaban en las estaciones para vender a los pasajeros corderos, gallinas, huevos y tejidos. Mi padre siempre compraba algo con interminable regateo. Era de ver su pequeña barba rubia levantando una gallina frente a una araucana impenetrable que no bajaba en medio centavo el precio de su mercadería.

Cada estación tenía un nombre más hermoso, casi todos heredados de las antiguas posesiones araucanas. Ésa fue la región de los más encarnizados combates entre los invasores españoles y los primeros chilenos, hijos profundos de aquella tierra.

Labranza era la primera estación, Boroa y Ranquilco la seguían. Nombres con aroma de plantas salvajes, y a mí me cautivaban con sus sílabas. Siempre estos nombres araucanos significaban algo delicioso: miel escondida, lagunas o río cerca de un bosque, o monte con apellido de pájaro. Pasábamos por la pequeña aldea de Imperial donde casi fue ejecutado por el gobernador español el poeta don Alonso de Ercilla. En los siglos XV y XVI aquí estuvo la capital de los conquistadores. Los araucanos en su guerra patria inventaron la táctica de *tierra arrasada*. No dejaron piedra sobre piedra de la ciudad descrita por Ercilla como bella y soberbia.

Y luego la llegada a la ciudad fluvial. El tren daba sus pitazos más alegres, oscurecía el campo y la estación ferroviaria con inmensos penachos de humo de carbón, tintineaban las campanas, y se olía ya el curso ancho, celeste y tranquilo, del río Imperial que se acercaba al océano. Bajar los bultos innumerables, ordenar la pequeña familia y dirigirnos en carreta tirada por bueyes hasta el vapor que bajaría por el río Imperial, era toda una función dirigida por los ojos azules y el pito ferroviario de mi padre. Bultos y nosotros nos metíamos en el barquito que nos llevaba al mar. No había camarotes. Yo me sentaba cerca de proa. Las ruedas movían con sus paletas la corriente fluvial, las máquinas de la pequeña embarcación resoplaban y rechinaban, la gente sureña taciturna se quedaba como muebles inmóviles dispersos por la cubierta.

Algún acordeón lanzaba su lamento romántico, su incitación al amor. No hay nada más invasivo para un corazón de quince años que una navegación por un río ancho y desconocido, entre riberas montañosas, en el camino del misterioso mar.

Bajo Imperial era sólo una hilera de casas de techos colorados. Estaba situado sobre la frente del río. Desde la casa que nos esperaba y, aún antes, desde los muelles desvencijados donde atracó el vaporcito, escuché a la distancia el trueno marino, una conmoción lejana. El oleaje entraba en mi existencia.

La casa pertenecía a don Horacio Pacheco, agricultor gigantón que, durante ese mes de nuestra ocupación de su casa, iba y llevaba por las colinas y los caminos intransitables su locomóvil y su trilladora. Con su máquina cosechaba el trigo de los indios y de los campesinos, aislados de la población costera. Era un hombrón que de repente irrumpía en nuestra familia ferroviaria hablando con voz estentórea y cubierto de polvo y paja cereales. Luego, con el mismo estruendo, volvía a sus trabajos en las montañas. Fue para mí un ejemplo más de las vidas duras de mi región austral.

Todo era misterioso para mí en aquella casa, en las calles maltrechas, en las desconocidas existencias que me rodeaban, en el sonido profundo de la marina lejanía.

La casa tenía lo que me pareció un inmenso jardín desordenado, con una glorieta central menoscabada por la lluvia, glorieta de maderos blancos cubiertos por las enredaderas. Salvo mi insignificante persona, nadie entraba jamás en la sombría soledad donde crecían las yedras, las madreselvas y mi poesía. Por cierto que había en aquel jardín extraño otro objeto fascinante: era un bote grande, huérfano de un gran naufragio, que allí en el jardín yacía sin olas ni tormentas, encallado entre las amapolas. Porque lo extraño de aquel jardín salvaje era que por designio o por descuido había solamente amapolas.

Las otras plantas se habían retirado del sombrío recinto. Las había grandes y blancas como palomas, escarlatas como gotas de sangre, moradas y negras como viudas olvidadas. Yo nunca había visto tanta inmensidad de amapolas y nunca más las he vuelto a ver. Aunque las miraba con mucho respeto, con cierto supersticioso temor que sólo ellas infunden entre todas las flores, no dejaba de cortar de cuando en cuando alguna cuyo tallo quebrado dejaba una leche áspera en mis manos y una ráfaga de perfume inhumano. Luego acariciaba y guardaba en un libro los pétalos de seda suntuosos. Eran para mí alas de grandes mariposas que no sabían volar.

Cuando estuve por primera vez frente al océano quedé sobrecogido. Allí entre dos grandes cerros (el Huilque y el Maule) se desarrollaba la furia del gran mar. No sólo eran las inmensas olas nevadas que se levantaban a muchos metros sobre nuestras cabezas, sino un estruendo de corazón colosal, la palpitación del universo.

Allí la familia disponía sus manteles y sus teteras. Los alimentos me llegaban enarenados a la boca, lo que no me importaba mucho. Lo que me asustaba era el momento apocalíptico en que mi padre nos ordenaba el baño de mar de cada día. Lejos de las olas gigantes, el agua nos salpicaba a mi hermana Laura y a mí con sus latigazos de frío. Y creíamos temblando que el dedo de una ola nos arrastraría hacia las montañas del mar. Cuando ya con los dientes castañeteando y las costillas amoratadas, nos disponíamos mi hermana y yo, tomados de la mano, a morir, sonaba el pito ferroviario y mi padre nos ordenaba salir del martirio.

Ahora voy a contarles alguna historia de pájaros. En el lago Budi perseguían a los cisnes con ferocidad. Se acercaban a ellos sigilosamente en los botes y luego rápido, rápido remaban... Los cisnes, como los albatros, emprenden difícilmente el vuelo, deben correr patinando sobre el agua. Levantan con dificultad sus grandes alas. Los alcanzaban y a garrotazos terminaban con ellos.

Me trajeron un cisne medio muerto. Era una de esas maravillosas aves que no he vuelto a ver en el mundo, el cisne cuello negro. Una nave de nieve con el esbelto cuello como metido en una estrecha media de seda negra. El pico anaranjado y los ojos rojos.

Esto fue cerca del mar, en Puerto Saavedra, Imperial del Sur.

Me lo entregaron casi muerto. Bañé sus heridas y le empujé pedacitos de pan y de pescado a la garganta. Todo lo devolvía. Sin embargo, fue reponiéndose de sus lastimaduras, comenzó a comprender que yo era su amigo. Y yo comencé a comprender que la nostalgia lo mataba. Entonces, cargando el pesado pájaro en mis brazos por las calles, lo llevaba al río. Él nadaba un poco, cerca de mí. Yo quería que pescara y le indicaba las piedrecitas del fondo, las arenas por donde se deslizaban los plateados peces del sur. Pero él miraba con ojos tristes la distancia.

Así cada día, por más de veinte, lo llevé al río y lo traje a mi casa. El cisne era casi tan grande como yo. Una tarde estuvo más ensimismado, nadó cerca de mí, pero no se distrajo con las musarañas con que yo quería enseñarle de nuevo a pescar. Se estuvo muy quieto y lo tomé de nuevo en brazos para llevármelo a casa. Entonces, cuando lo tenía a la altura de mi pecho, sentí que se desenrollaba una cinta, algo como un brazo negro me rozaba la cara. Era su largo y ondulante cuello que caía. Así aprendí que los cisnes no cantan cuando mueren.

MI PRIMER POEMA

Muchas veces me han preguntado cuándo escribí mi primer poema, cuándo nació en mí la poesía.

Trataré de recordarlo. Muy atrás en mi infancia y habiendo apenas aprendido a escribir, sentí una vez una intensa emoción y tracé unas cuantas palabras semirrimadas, pero extrañas a mí, diferentes del lenguaje diario. Las puse en limpio en un papel, preso de una ansiedad profunda, de un sentimiento hasta entonces desconocido, especie de angustia y de tristeza. Era un poema dedicado a mi madre, es decir, a la que conocí por tal, a la angelical madrastra cuya suave sombra protegió toda mi infancia. Completamente incapaz de juzgar mi primera producción, se la llevé a mis padres. Ellos estaban en el comedor, sumergidos en una de esas conversaciones en voz baja que dividen más que un río el mundo de los niños y el de los adultos. Les alargué el papel con las líneas, tembloroso aún con la primera visita de la inspiración. Mi padre, distraídamente, lo tomó en sus manos, distraídamente lo leyó, distraídamente me lo devolvió, diciéndome:

—De dónde lo copiaste?

Y siguió conversando en voz baja con mi madre de sus importantes y remotos asuntos.

Me parece recordar que así nació mi primer poema y que así recibí la primera muestra distraída de la crítica literaria*.

---

* Como regalo lector, copiamos aquellos versos "semirrimados":

> De un paisaje de áureas regiones
> yo escogí
> para darle querida mamá
> esta humilde postal
>
> *Neftalí.*

Mientras tanto avanzaba en el mundo del conocimiento en el desordenado río de los libros como un navegante solitario. Mi avidez de lectura no descansaba de día ni de noche. En la costa, en el pequeño Puerto Saavedra, encontré una biblioteca municipal y un viejo poeta, don Augusto Winter, que se admiraba de mi voracidad literaria. "Ya los leyó?", me decía*, pasándome un nuevo Vargas Vila, un Ibsen, un Rocambole. Como un avestruz, yo tragaba sin discriminar.

Por ese tiempo llegó a Temuco una señora alta, con vestidos muy largos y zapatos de taco bajo. Era la nueva directora del liceo de niñas. Venía de nuestra ciudad austral, de las nieves de Magallanes. Se llamaba Gabriela Mistral**.

Yo la miraba pasar por las calles de mi pueblo con sus ropones talares, y le tenía miedo. Pero, cuando me llevaron a visitarla, la encontré buenamoza. En su rostro tostado, en que la sangre india predominaba como en un bello cántaro araucano, sus dientes blanquísimos se mostraban en una sonrisa plena y generosa que iluminaba la habitación.

Yo era demasiado joven para ser su amigo, y demasiado tímido y ensimismado. La vi muy pocas veces. Lo bastante para que cada vez saliera con algunos libros que me regalaba. Eran siempre novelas rusas que ella consideraba como lo más extraordinario de la literatura mundial. Puedo decir que Gabriela me embarcó en esa seria y terrible visión de los novelistas rusos y que Tolstói, Dostoyevski, Chéjov, entraron en mi más profunda predilección. Siguen acompañándome.

---

* Winter era secretario municipal y encargado de esa biblioteca, que hoy lleva su nombre. Famoso fue su poema "La fuga de los cisnes" que, entonces como ahora, luchaban por sobrevivir en el sur de Chile.
** Mistral llegó en 1920, último año de Neruda en Temuco.

LA COPA DE SANGRE*

Cuando remotamente regreso y en el extraordinario azar de los trenes, como los antepasados sobre las cabalgaduras, me quedo sobredormido y enredado en mis exclusivas propiedades, veo a través de lo negro de los años, cruzándolo todo como una enredadera nevada, un patriótico sentimiento, un bárbaro viento tricolor en mi investidura: pertenezco a un pedazo de pobre tierra austral hacia la Araucanía, han venido mis actos desde los más distantes relojes, como si aquella tierra boscosa y perpetuamente en lluvia tuviera un secreto mío que no conozco, que no conozco y que debo saber, y que busco, perdidamente, ciegamente, examinando largos ríos, vegetaciones inconcebibles, montones de madera, mares del sur, hundiéndome en la botánica y en la lluvia, sin llegar a esa privilegiada espuma que las olas depositan y rompen, sin llegar a ese metro de tierra especial, sin tocar mi verdadera arena. Entonces, mientras el tren nocturno toca violentamente estaciones madereras o carboníferas como si en medio del mar de la noche se sacudiera contra los arrecifes, me siento disminuido, y contra el corazón los grandes, húmedos boscajes del sur del mundo. Entro en un patio, muy vestido de negro, tengo corbata de poeta, mis tíos están allí todos reunidos, son todos inmensos, debajo del árbol guitarras y cuchillos, cantos que rápidamente entrecorta el áspero vino. Y entonces abren la garganta de un cordero palpitante, y una copa abrasadora de sangre me llevan a la boca, entre disparos y cantos, y me siento agonizar como el

---

* Escrito en Temuco, probablemente en agosto de 1938, según estima Hernán Loyola.

cordero, y quiero llegar también a ser centauro, y pálido, indeciso, perdido en medio de la desierta infancia, levanto y bebo la copa de sangre.

Hace poco murió mi padre, acontecimiento estrictamente laico, y sin embargo, algo religiosamente funeral ha sucedido en su tumba, y éste es el momento de revelarlo. Algunas semanas después, mi madre, según el diario y temible lenguaje, fallecía también, y para que descansaran juntos trasladamos de nicho al caballero muerto. Fuimos a mediodía con mi hermano y algunos de los ferroviarios amigos del difunto, hicimos abrir el nicho ya sellado y cimentado, y sacamos la urna, pero ya llena de hongos, y sobre ella una palma con flores negras y extinguidas: la humedad de la zona había partido el ataúd y, al bajarlo de sustillo, ya sin creer lo que veía, vimos bajar de él cantidades de agua, cantidades como interminables litros que caían de adentro de él, de su sustancia.

Pero todo se explica: esta agua trágica era lluvia, lluvia tal vez de un solo día, de una sola hora tal vez de nuestro austral invierno, y esta lluvia había atravesado techos y balaustradas, ladrillos y otros materiales y otros muertos hasta llegar a la tumba de mi deudo. Ahora bien, esta agua terrible, esta agua salida de un imposible insondable, extraordinario escondite, para mostrarme a mí su torrencial secreto, esta agua original y temible me advertía otra vez con su misterioso derrame mi conexión interminable con una determinada vida, región y muerte.

2
PERDIDO EN LA CIUDAD

LAS CASAS DE PENSIÓN

Después de muchos años de liceo, en que tropecé siempre en el mes de diciembre con el examen de matemáticas, quedé exteriormente listo para enfrentarme con la universidad, en Santiago de Chile. Digo exteriormente, porque por dentro de mi cabeza iba llena de libros, de sueños y de poemas que me zumbaban como abejas.

Provisto de un baúl de hojalata, con el indispensable traje negro del poeta, delgadísimo y afilado como un cuchillo, entré en la tercera clase del tren nocturno que tardaba un día y una noche interminables en llegar a Santiago.

Este largo tren que cruzaba zonas y climas diferentes, y en el que viajé tantas veces, guarda para mí aún su extraño encanto. Campesinos de ponchos mojados y canastos con gallinas, taciturnos mapuches, toda una vida se desarrollaba en el vagón de tercera. Eran numerosos los que viajaban sin pagar, bajo los asientos. Al aparecer el inspector se producía una metamorfosis. Muchos desaparecían y algunos se ocultaban debajo de un poncho sobre el cual de inmediato dos pasajeros fingían jugar a las cartas, sin que al inspector le llamara la atención esta mesa improvisada.

Entre tanto el tren pasaba, de los campos con robles y araucarias y las casas de madera mojada, a los álamos del centro de Chile, a las polvorientas construcciones de adobe. Muchas veces hice aquel viaje de ida y vuelta entre la capital y la provincia, pero siempre me sentí ahogar cuando salía de los grandes bosques, de la madera maternal. Las casas de adobe, las ciudades con pasado, me parecían llenas de telarañas y silencio. Hasta ahora, sigo siendo un poeta de la intemperie, de la selva fría que perdí desde entonces.

Venía recomendado a una casa de pensión de la calle Maruri, 513. No olvido este número por ninguna razón. Olvido todas las fechas y hasta los años, pero ese número 513 se me quedó galvanizado en la cabeza, donde lo metí hace tantos años, por temor de no llegar nunca a esa pensión y extraviarme en la capital grandiosa y desconocida. En la calle nombrada me sentaba yo al balcón a mirar la agonía de cada tarde, el cielo embanderado de verde y carmín, la desolación de los techos suburbanos amenazados por el incendio del cielo.

La vida de aquellos años en la pensión de estudiantes era de un hambre completa. Escribí mucho más que hasta entonces, pero comí mucho menos. Algunos de los poetas que conocí por aquellos días sucumbieron a causa de las dietas rigurosas de la pobreza. Entre éstos recuerdo a un poeta de mi edad, pero mucho más alto y más desgarbado que yo, cuya lírica sutil estaba llena de esencias e impregnaba todo sitio en que era escuchada. Se llamaba Romeo Murga.

Con este Romeo Murga fuimos a leer nuestras poesías a la ciudad de San Bernardo, cerca de la capital. Antes de que apareciéramos en el escenario, todo se había desarrollado en un ambiente de gran fiesta: la reina de los Juegos Florales con su corte blanca y rubia, los discursos de los notables del pueblo y los conjuntos vagamente musicales de aquel sitio; pero, cuando yo entré y comencé a recitar mis versos con la voz más quejumbrosa del mundo, todo cambió: el público tosía, lanzaba chirigotas y se divertía muchísimo con mi melancólica poesía. Al ver esta reacción de los bárbaros, apresuré mi lectura y dejé el sitio a mi compañero Romeo Murga. Aquello fue memorable. Al ver entrar a aquel quijote de dos metros de altura, de ropa oscura y raída, y empezar su lectura con voz aún más quejumbrosa que la mía, el público en masa no pudo ya contener su indignación y comenzó a gritar: "Poetas con hambre! Váyanse! No echen a perder la fiesta".

LA FEDERACIÓN DE ESTUDIANTES

Yo había sido en Temuco el corresponsal de la revista *Claridad*, órgano de la Federación de Estudiantes, y vendía 20 ó 30 ejemplares entre mis compañeros de liceo. Las noticias que el año de 1920 nos llegaron a Temuco marcaron a mi generación con cicatrices sangrientas. La "juventud dorada", hija de la oligarquía, había asaltado y destruido el local de la Federación de Estudiantes. La justicia, que desde la colonia hasta el presente ha estado al servicio de los ricos, no encarceló a los asaltantes sino a los asaltados. Domingo Gómez Rojas, joven esperanza de la poesía chilena, enloqueció y murió torturado en un calabozo. La repercusión de este crimen, dentro de las circunstancias nacionales de un pequeño país, fue tan profunda y vasta como habría de ser el asesinato en Granada de Federico García Lorca.

Cuando llegué a Santiago, en marzo de 1921, para incorporarme a la universidad, la capital chilena no tenía más de quinientos mil habitantes. Olía a gas y a café. Miles de casas estaban ocupadas por gentes desconocidas y por chinches. El transporte en las calles lo hacían pequeños y destartalados tranvías, que se movían trabajosamente con gran bullicio de fierros y campanillas. Era interminable el trayecto entre la avenida Independencia y el otro extremo de la capital, cerca de la estación central, donde estaba mi colegio.

Al local de la Federación de Estudiantes entraban y salían las más famosas figuras de la rebelión estudiantil, ideológicamente vinculada al poderoso movimiento anarquista de la época. Alfredo Demaría, Daniel Schweitzer, Santiago Labarca, Juan Gandulfo eran los dirigentes de más historia.

Juan Gandulfo era sin duda el más formidable de ellos, temido por su atrevida concepción política y por su valentía a toda prueba. A mí me trataba como si fuera un niño, que en realidad lo era. Una vez que llegué tarde a su estudio, para una consulta médica, me miró ceñudo y me dijo: "Por qué no vino a la hora? Hay otros pacientes que esperan". "No sabía qué hora era", le respondí. "Tome para que sepa la próxima vez", me dijo, y sacó su reloj del chaleco y me lo entregó de regalo.

Juan Gandulfo era pequeño de estatura, redondo de cara y prematuramente calvo. Sin embargo, su presencia era siempre imponente. En cierta ocasión un militar golpista, con fama de matón y de espadachín, lo desafió a duelo. Gandulfo aceptó, aprendió esgrima en quince días y dejó maltrecho y asustadísimo a su contrincante. Por esos mismos días grabó en madera la portada y todas las ilustraciones de *Crepusculario*, mi primer libro, grabados impresionantes hechos por un hombre que nadie relaciona nunca con la creación artística.

ALBERTO ROJAS GIMÉNEZ

En la revista *Claridad*, a la que yo me incorporé como militante político y literario, casi todo era dirigido por Alberto Rojas Giménez, quien iba a ser uno de mis más queridos compañeros generacionales. Usaba sombrero cordobés y largas chuletas de prócer. Elegante y apuesto, a pesar de la miseria en la que parecía bailar como pájaro dorado, resumía todas las cualidades del nuevo dandismo: una desdeñosa actitud, una comprensión inmediata de los numerosos conflictos y una alegre sabiduría (y apetencia) de todas las cosas vitales. Libros y muchachas, botellas y barcos, itinerarios y archipiélagos, todo lo conocía y lo utilizaba hasta en sus más pequeños gestos. Se movía en el mundo literario con un aire displicente de perdulario perpetuo, de despilfarrador profesional de su talento y su encanto. Sus corbatas eran siempre espléndidas muestras de opulencia, dentro de la pobreza general. Cambiaba de casa y de ciudad constantemente, y de ese modo su desenfadada alegría, su bohemia perseverante y espontánea regocijaban por algunas semanas a los sorprendidos habitantes de Rancagua, de Curicó, de Valdivia, de Concepción, de Valparaíso. Se iba como había llegado, dejando versos, dibujos, corbatas, amores y amistades en donde estuvo. Como tenía una idiosincrasia de príncipe de cuento y un desprendimiento inverosímil, lo regalaba todo, su sombrero, su camisa, su chaqueta y hasta sus zapatos. Cuando no le quedaba nada material, trazaba una frase en un papel, la línea de un verso o cualquier graciosa ocurrencia, y con un gesto magnánimo te lo obsequiaba al partir, como si te dejara en las manos una joya inapreciable.

Escribía sus versos a la última moda, siguiendo las enseñanzas de Apollinaire y del grupo ultraísta de España. Había fundado una nueva escuela poética con el nombre de *Agú*, que, según él, era el grito primario del hombre, el primer verso del recién nacido.

Rojas Giménez nos impuso pequeñas modas en el traje, en la manera de fumar, en la caligrafía. Burlándose de mí, con infinita delicadeza, me ayudó a despojarme de mi tono sombrío. Nunca me contagió con su apariencia escéptica, ni con su torrencial alcoholismo, pero hasta ahora recuerdo con intensa emoción su figura que lo iluminaba todo, que hacía volar la belleza de todas partes, como si animara a una mariposa escondida.

De don Miguel de Unamuno había aprendido a hacer pajaritas de papel. Construía una de largo cuello y alas extendidas que luego él soplaba. A esto lo llamaba darles el "impulso vital". Descubría poetas de Francia, botellas oscuras sepultadas en las bodegas, dirigía cartas de amor a las heroínas de Francis Jammes.

Sus bellos versos andaban arrugados en sus bolsillos sin que jamás, hasta hoy, se publicaran.

Tanto llamaba la atención su derrochadora personalidad, que un día, en un café, se le acercó un desconocido que le dijo: "Señor, lo he estado escuchando conversar y he cobrado gran simpatía por usted. Puedo pedirle algo?". "Qué será?", le contestó con displicencia Rojas Giménez. "Que me permita saltarlo", dijo el desconocido. "Pero, cómo?", respondió el poeta. "Es usted tan poderoso que puede saltarme aquí, sentado en esta mesa?" "No, señor", repuso con voz humilde el desconocido. "Yo quiero saltarlo más tarde, cuando usted ya esté tranquilo en su ataúd. Es la manera de rendir mi homenaje a las personas interesantes que he encontrado en mi vi-da: saltarlos, si me lo permiten, después de muertos. Soy un hombre solitario y éste es mi único *hobby*". Y sacando una libreta le dijo: "Aquí llevo la lista de las personas que he saltado". Rojas Giménez aceptó loco de alegría aquella extraña proposición. Algunos años después, en el invierno más lluvioso de que haya recuerdo en Chile, moría Rojas Giménez. Había dejado su chaqueta como de costumbre en algún bar del centro de Santiago. En mangas de camisa, en aquel invierno antártico, cruzó la ciudad hasta llegar a la Quinta Normal, a casa de su hermana Rosita. Dos días después una broncneumonía se llevó de este mundo a uno de los seres más fascinantes que he conocido. Se fue el poeta con sus pajaritas de papel volando por el cielo y bajo la lluvia.

Pero aquella noche los amigos que le velaban recibieron una insólita visita. La lluvia torrencial caía sobre los techos, los relámpagos y el viento iluminaban y sacudían los grandes plátanos de la Quinta Normal, cuando se abrió la puerta y entró un hombre de riguroso luto y empapado por la lluvia. Nadie lo conocía. Ante la expectación de los amigos que lo velaban, el desconocido tomó impulso y saltó sobre el ataúd. En seguida, sin decir una palabra, se retiró tan sorpresivamente como había llegado, desapareciendo en la lluvia y en la noche. Y así fue como la sorprendente vida de Alberto Rojas Giménez fue sellada con un rito misterioso que aún nadie puede explicarse.

Yo estaba recién llegado a España cuando recibí la noticia de su muerte. Pocas veces he sentido un dolor tan intenso. Fue en Barcelona. Comencé de inmediato a escribir mi elegía "Alberto Rojas Giménez viene volando", que publicó después la *Revista de Occidente*.

LA PALABRA

... Todo lo que usted quiera, sí señor, pero son las palabras las que cantan, las que suben y bajan... Me prosterno ante ellas... Las amo, las adhiero, las persigo, las muerdo, las derrito... Amo tanto las palabras... Las inesperadas... Las que glotonamente se esperan, se acechan, hasta que de pronto caen... Vocablos amados... Brillan como piedras de colores, saltan como platinados peces, son espuma, hilo, metal, rocío... Persigo algunas palabras... Son tan hermosas que las quiero poner todas en mi poema... Las agarro al vuelo, cuando van zumbando, y las atrapo, las limpio, las pelo, me preparo frente al plato, las siento cristalinas, vibrantes, ebúrneas, vegetales, aceitosas, como frutas, como algas, como ágatas, como aceitunas... Y entonces las revuelvo, las agito, me las bebo, me las zampo, las trituro, las emperejilo, las liberto... Las dejo como estalactitas en mi poema, como pedacitos de madera bruñida, como carbón, como restos de naufragio, regalos de la ola... Todo está en la palabra... Una idea entera se cambia porque una palabra se trasladó de sitio, o porque otra se sentó como una reinita adentro de una frase que no la esperaba y que le obedeció... Tienen sombra, transparencia, peso, plumas, pelos, tienen de todo lo que se les fue agregando de tanto rodar por el río, de tanto transmigrar de patria, de tanto ser raíces... Son antiquísimas y recientísimas... Viven en el féretro escondido y en la flor apenas comenzada... Qué buen idioma el mío, qué buena lengua heredamos de los conquistadores torvos... Éstos andaban a zancadas por las tremendas cordilleras, por las Américas encrespadas, buscando patatas, butifarras, frijolitos, tabaco negro, oro, maíz, huevos fritos, con aquel apetito voraz que nunca más se ha visto en el mundo... Todo se lo tragaban, con religiones, pirámides, tribus, idolatrías iguales a las que ellos traían en sus grandes bolsas... Por donde pasaban quedaba arrasada la tierra... Pero a los bárbaros se les caían de las botas, de las barbas, de los yelmos, de las herraduras, como piedrecitas, las palabras luminosas que se quedaron aquí resplandecientes... el idioma. Salimos perdiendo... Salimos ganando... Se llevaron el oro y nos dejaron el oro... Se lo llevaron todo y nos dejaron todo... Nos dejaron las palabras.

SOBRE UNA POESÍA SIN PUREZA*

Es muy conveniente, en ciertas horas del día o de la noche, observar profundamente los objetos en descanso: las ruedas que han recorrido largas, polvorientas distancias, soportando grandes cargas vegetales o minerales, los sacos de las carbonerías, los barriles, las cestas, los mangos y asas de los instrumentos del carpintero. De ellos se desprende el contacto del hombre y de la tierra como una lección para el torturado poeta lírico. Las superficies usadas, el gasto que las manos han infligido a las cosas, la atmósfera a menudo trágica y siempre patética de estos objetos, infunde una especie de atracción no despreciable hacia la realidad del mundo.

La confusa impureza de los seres humanos se percibe en ellos, la agrupación, uso y desuso de los materiales, las huellas del pie y de los dedos, la constancia de una atmósfera humana inundando las cosas desde lo interno y lo externo.

Así sea la poesía que buscamos, gastada como por un ácido por los deberes de la mano, penetrada por el sudor y el humo, oliente a orina y a azucena salpicada por las diversas profesiones que se ejercen dentro y fuera de la ley.

Una poesía impura como un traje, como un cuerpo, con manchas de nutrición, y actitudes vergonzosas, con arrugas, observaciones, sueños, vigilia, profecías, declaraciones de amor y de odio, bestias, sacudidas, idilios, creencias políticas, negaciones, dudas, afirmaciones, impuestos.

La sagrada ley del madrigal y los derechos del tacto, olfato, gusto, vista, oído, el deseo de justicia, el deseo sexual, el

* En la revista *Caballo Verde para la Poesía*, España, 1935.

Pablo Neruda esencial

ruido del océano, sin excluir deliberadamente nada, la entrada en la profundidad de las cosas en un acto de arrebatado amor, y el producto poesía manchado de palomas digitales, con huellas de dientes y hielo, roído tal vez levemente por el sudor y el uso. Hasta alcanzar esa dulce superficie del instrumento tocado sin descanso, esa suavidad durísima de la madera manejada, del orgulloso hierro. La flor, el trigo, el agua tienen también esa consistencia especial, ese recurso de un magnífico tacto. Y no olvidemos nunca la melancolía, el gastado sentimentalismo, perfectos frutos impuros de maravillosa calidad olvidada, dejados atrás por el frenético libresco: la luz de la luna, el cisne en el anochecer, "corazón mío" son sin duda lo poético elemental e imprescindible. Quien huye del mal gusto cae en el hielo.

NOSOTROS, LOS INDIOS*

El inventor de Chile, don Alonso de Ercilla, iluminó con magníficos diamantes no sólo un territorio desconocido. Dio también la luz a los hechos y a los hombres de nuestra Araucanía. Los chilenos, como corresponde, nos hemos encargado de disminuir hasta apagar el fulgor diamantino de la Epopeya. La épica *grandeza*, que como una capa real dejó caer Ercilla sobre los hombros de Chile, fue ocultándose y menoscabándose. A nuestros fantásticos héroes les fuimos robando la mitológica vestidura hasta dejarles un poncho indiano raído, zurcido, salpicado por el barro de los malos caminos, empapado por el antártico aguacero.

Nuestros recién llegados gobernantes se propusieron decretar que no *somos un país de indios*. Este derecho perfumado no ha tenido expresión parlamentaria, pero la verdad es que circula tácitamente en ciertos sitios de representación nacional. *La Araucana* está bien, huele bien. Los araucanos están mal, huelen mal. Huelen a raza vencida. Y los usurpadores están ansiosos de olvidar o de olvidarse. En el hecho, la mayoría de los chilenos cumplimos con las disposiciones y decretos señoriales: como frenéticos arribistas nos avergonzamos de los araucanos. Contribuimos, los unos, a extirparlos y, los otros, a sepultarlos en el abandono y en el olvido. Entre todos hemos ido borrando *La Araucana*, apagando los diamantes del español Ercilla.

La superioridad racial pudo ser un elemento bélico y unitario entre los conquistadores, pero la mayor superioridad fue posiblemente la del caballo. Siqueiros representó la Con-

---

* En *Para nacer he nacido*. Contado parcialmene en *Confieso que he vivido*.

quista en la figura de un gran centauro. Ercilla mostró al centauro acribillado por las flechas de nuestra Araucanía natal. El renacentismo invasor propuso un nuevo establecimiento: el de los héroes. Y tal categoría la concedió a los españoles y a los indios, a los suyos y a los nuestros. Pero su corazón estuvo con los indomables.

Cuando llegué a México de flamante Cónsul General fundé una revista para dar a conocer la patria. El primer número se imprimió en impecable huecograbado. Colaboraba en ella desde el Presidente de la Academia hasta don Alfonso Reyes, maestro esencial del idioma. Como la revista no le costaba nada a mi gobierno, me sentí muy orgulloso de aquel primer número milagroso, hecho con el sudor de nuestras plumas (la mía y la de Luis Enrique Délano). Pero con el título cometimos un pequeño error. Pequeño error garrafal para la cabeza de nuestros gobernantes.

Debo explicar que la palabra *Chile* tiene en México dos o tres acepciones no todas ellas muy respetables. Llamar la revista "República de Chile" hubiera sido como declararla nonata. La bautizamos *Araucanía*. Y llenaba la cubierta la sonrisa más hermosa del mundo: una araucana que mostraba todos sus dientes. Gastando más de lo que podía mandé a Chile por correo aéreo (por entonces más caro que ahora) ejemplares separados y certificados al Presidente, al Ministro, al Director Consular, a los que me debían, por lo menos, una felicitación protocolaria. Pasaron las semanas y no había respuesta.

Pero ésta llegó. Fue el funeral de la revista. Decía solamente: "Cámbiele el título o suspéndala. No somos un país de indios".

—No, señor, no tenemos nada de indios —me dijo nuestro embajador en México (que parecía un Caupolicán redivivo) cuando me transmitió el mensaje supremo–. Son órdenes de la Presidencia de la República.

Nuestro Presidente de entonces, tal vez el mejor que hemos tenido, don Pedro Aguirre Cerda, era el vivo retrato de Michimalonco.

La exposición fotográfica "Rostro de Chile", obra del grande y modesto Antonio Quintana, se paseó por Europa mostrando las grandezas naturales de la patria: la familia del hombre chileno, y sus montañas, y sus ciudades, y sus islas, y sus cosechas y sus mares. Pero en París, por obra y *gracia* diplomática, le suprimieron los retratos araucanos: "Cuidado! No somos indios!".

Se empeñan en blanquearnos a toda costa, en borrar las escrituras que nos dieron nacimiento: las páginas de Ercilla: las clarísimas estrofas que dieron a España épica y humanismo.

Terminemos con tanta cursilería!

El Dr. Rodolfo Oroz, que tiene en su poder el ejemplar del *Diccionario Araucano* corregido por la mano maestra de su autor, don Rodolfo Lenz, me dice que no encuentra editor para esta obra que está agotada desde hace muchísimos años.

Señora Universidad de Chile: Publique esta obra clásica.

Señor Ministerio: Imprima de nuevo *La Araucana*. Regálela a todos los niños de Chile en esta Navidad (y a mí también).

Señor Gobierno: Funde de una vez la Universidad Araucana.

Compañero Alonso de Ercilla: *La Araucana* no sólo es un poema: es un camino!

UNA SEÑORA DE BARRO*

Que me perdone Marta Colvin, pero la mejor obra escultórica chilena que yo conozco es una "mona con guitarra", de greda, una de las tantas que se han hecho en el ombligo mundial de la cerámica: Quinchamalí. Esta señora de la guitarra es más alta y más ancha que las acostumbradas. Es difícil la ejecución de este gran tamaño, me contaron las artesanas, las loceras. Ésa la hizo una campesina de casi cien años, que murió hace ya tiempo. Resultó tan bella, que viajó a Nueva York en esos años, y se mostró en la Exposición Universal. Ahora me mira desde la mesa más importante de mi casa. Yo no dejo de consultarla. La llamo la Madre Tierra. Tiene redondez de colina, sombras que dan las nubes de estío sobre el barbecho y, a pesar de haber navegado por los mares, conserva ínclito olor a barro, a barro de Chile.

Me contaron las loceras que para su trabajo deben mezclar la greda con hierbas, y que ese negro puro y opaco de los cacharros quinchamaleros se lo dan quemando bosta de vaca. Se me quejaron entonces de lo caro que les cobraba por la bosta silvestre el dueño de los fundos. Nunca pude alcanzar tanta influencia como para rebajar el precio del estiércol de vaca para las escultoras de Quinchamalí. Y aunque sea humildísima esta petición a los poderes mayúsculos, ojalá que la Reforma Agraria regale este producto a las transformadoras del barro con tanta sencillez como lo haría una vaca. La verdad es que esta cerámica nuestra es lo más ilustre que tenemos. El único regalo que le hice a Picasso fue un chanchito negro, alcancía, jugue-

* En revista *Ercilla*, N° 1724, 3 de julio de 1968.

te, aroma chillanejo, creación de la insigne locera Práxedes Caro.

Con espuelas y ponchos, con pulseras de Panimávida, con sirenas de Florida, cantaritos de Pomaire, se alimenta nuestro orgullo perezoso. Porque se producen como el agua, se divulgan sin hacer ruido, son artes ilustres y utilitarias, desinteresadas y olorosas, que viven no se sabe cómo, ni se sabe de qué, pero que nos representan en humildad, en profundidad, en fragancia.

Por eso pienso que entre los tristísimos museos de Santiago el único encantador es el que luce sus tesoros en el Cerro Santa Lucía. Lo creó el escritor Tomás Lago, hace muchos años, en un acto de amor que ha seguido proliferando en tantas bellas colecciones reunidas. Yo mismo anduve en tierras mexicanas buscando con el genial Rodolfo Ayala, el loco Ayala, por iglesias y mercados, palacios y cachureos, objetos escogidos y violentos, que hoy engrandecen a este museo de la delicia.

Yo he sido apasionado de estas creaciones anónimas y me catalogo, a veces, en cuanto a mi poética, como alfarero, panadero o carpintero. Sin mano no existe el hombre, no hay estilo. Pretendía siempre que mi poesía fuera artesánica, antilibresca, porque hasta los sueños nacen de las manos. Y este arte popular, que fue guardado y expuesto con orgullo y amor en nuestro mejor museo, revela, más allá de los museos históricos, que lo más verdadero es lo viviente, y que las obras del pueblo tienen una eternidad no menos ardiente que las de los héroes.

La patria es destruida constantemente. Los destructores están adentro de nosotros. Nos alimentamos del incendio y del aniquilamiento. Las selvas cayeron quemadas: el maravilloso bosque chileno es sólo una mancha de lágrimas en mi corazón. Las rocas más hermosas del mundo estallan dinamitadas en nuestro litoral. Ostiones, choros, perdices, erizos, son perseguidos como enemigos, para extirparlos pronto, para borrarlos del planeta. Los ignorantes dicen de nuestras depredaciones: "Le salió el indio". Mentira. El araucano nombró al canelo rey de la tierra. Y no combatió sino a los invasores. Los chilenos combatimos todo lo nuestro y, por desdicha, lo mejor. Nunca he sentido tanta vergüenza como cuando vi en los libros de ornitología, en donde queda indicado el hábitat de cada especie, una descripción del loro chileno: "*Tricahue. Especie casi extinguida*". No digo aquí el sitio donde se ocultan los últimos ejemplares de este pájaro magnífico, para evitar su exterminio.

Ahora me cuentan que en estos días una chispa de nuestra "revolución cultural" ha llegado hasta el Museo de Arte Popular y pretende destruirlo.

Que el canelo araucano, dios de las selvas, nos proteja.

EL PODER DE LA POESÍA

Ha sido privilegio de nuestra era –entre guerras, revoluciones y grandes movimientos sociales– desarrollar la fecundidad de la poesía hasta límites no sospechados. El hombre común ha debido confrontarla de manera hiriente o herida, bien en la soledad, bien en la masa montañosa de las reuniones públicas.

Nunca pensé, cuando escribí mis primeros solitarios libros, que al correr de los años me encontraría en plazas, calles, fábricas, aulas, teatros y jardines, diciendo mis versos. He recorrido prácticamente todos los rincones de Chile, desparramando mi poesía entre la gente de mi pueblo.

Contaré lo que me pasó en la Vega Central, el mercado más grande y popular de Santiago de Chile. Allí llegan al amanecer los infinitos carros, carretones, carretas y camiones que traen las legumbres, las frutas, los comestibles, desde todas las chacras que rodean la capital devoradora. Los cargadores –un gremio numeroso, mal pagado y a menudo descalzo– pululan por los cafetines, asilos nocturnos y fonduchos de los barrios inmediatos a la Vega.

Alguien me vino a buscar un día en un automóvil y entré a él sin saber exactamente a dónde ni a qué iba. Llevaba en el bolsillo un ejemplar de mi libro *España en el corazón*. Dentro del auto me explicaron que estaba invitado a dar una conferencia en el sindicato de cargadores de la Vega.

Cuando entré a aquella sala destartalada sentí el frío del *Nocturno* de José Asunción Silva, no sólo por lo avanzado del invierno, sino por el ambiente que me dejaba atónito. Sentados en cajones o en improvisados bancos de madera, unos cincuenta hombres me esperaban. Algunos llevaban a la cintura un saco amarrado a manera de delantal, otros se cubrían con viejas camisetas parchadas, y otros desafiaban el frío mes de julio chileno con el torso desnudo.

Yo me senté detrás de una mesita que me separaba de aquel extraño público. Todos me miraban con los ojos carbónicos y estáticos del pueblo de mi país.

Me acordé del viejo Laferte. A esos espectadores imperturbables, que no mueven un músculo de la cara y miran en forma sostenida, Laferte los designaba con un nombre que a mí me hacía reír. Una vez en la pampa salitrera me decía: "Mira, allá en el fondo de la sala, apoyados en la columna, nos están mirando dos musulmanes. Sólo les falta el albornoz para parecerse a los impávidos creyentes del desierto".

¿Qué hacer con este público? De qué podía hablarles? Qué cosas de mi vida lograrían interesarles? Sin acertar a decidir nada y ocultando las ganas de salir corriendo, tomé el libro que llevaba conmigo y les dije:

—Hace poco tiempo estuve en España. Allí había mucha lucha y muchos tiros. Oigan lo que escribí sobre aquello.

Debo explicar que mi libro *España en el corazón* nunca me ha parecido un libro de fácil comprensión. Tiene una aspiración a la claridad pero está empapado por el torbellino de aquellos grandes, múltiples dolores.

Lo cierto es que pensé leer unas pocas estrofas, agregar unas cuantas palabras, y despedirme. Pero las cosas no sucedieron así. Al leer poema tras poema, al sentir el silencio como de agua profunda en que caían mis palabras, al ver cómo aquellos ojos y cejas oscuras seguían intensamente mi poesía, comprendí que mi libro estaba llegando a su destino. Seguí leyendo y leyendo, conmovido yo mismo por el

Prosa

[171]

sonido de mi poesía, sacudido por la magnética relación entre mis versos y aquellas almas abandonadas.

La lectura duró más de una hora. Cuando me disponía a retirarme, uno de aquellos hombres se levantó. Era de los que llevaban el saco anudado alrededor de la cintura.

—Quiero agradecerle en nombre de todos –dijo en alta voz–. Quiero decirle, además, que nunca nada nos ha impresionado tanto.

Al terminar estas palabras estalló en un sollozo. Otros varios también lloraron. Salí a la calle entre miradas húmedas y rudos apretones de mano.

Puede un poeta ser el mismo después de haber pasado por estas pruebas de frío y fuego?

III
CORRESPONDENCIA

DOS CARTAS DE AMOR

1

Del Álbum de Terusa*

Santiago, 1923

Te confieso mi desencanto de todo, cuando tú tienes derecho –tendrás?– a ser mi encanto único. Te hablo con tristeza mi falta de fe en todas las cosas, de mi soledad y de mi necesidad de que me comprendan, cuando tú, simpática Pequeña, pudieras ser mi fe, mi compañía y mi esperanza. Y esto, dímelo, no te causa dolor alguno? Dímelo, nunca has pensado en estas cosas que me golpean a martillazos en el corazón? Nunca has abandonado tu cabeza de señorita para dolerte un poco del abandono de este niño que te ama?

Pablo

---

* Terusa es Teresa León Battiens –reina de la Fiesta de la Primavera de Temuco en 1920–, con quien compartió unas vacaciones en Puerto Saavedra e inspiradora de varios de los *Veinte poemas de amor.*

Puerto Saavedra, marzo de 1925

Albertina:

Eres una mala mujer. Nunca me escribes. Pudieras envidiar la alegría que me dan las pocas cartas que me llegan. Recibiste una tarjeta envuelta en un poema? Ayer, galopando por los cerros, me acordaba de ti. De allí traje las carteras llenas de avellanas, de chupones, de copihues, de boldo, de murtas. Ah qué necesidad tengo de ti, de tenerte aquí conmigo. Vente. Escribe a Rubén: yo nunca le he escrito. Al mar no le cuentes nada, el mar es mi enemigo. Cuando me baño, yo lo insulto con grandes gritos, y él trata de ahogarme, y de azotarme lleno de furia. Yo me creo un gran dactilógrafo, por eso te escribo a máquina. Tengo una larga barba de 15 días, y he consumido 200 gramos de tabaco amarillo. Viste anoche una luna delgadísima, y al lado una estrellita? Temblor? En Temuco anda una Machela, te conoce? Descubro que a máquina se miente con más facilidad. Todas las tardes escribo, cotesto alguna carta, en esta máquina de D. Augusto Winter. Ahora veo que ahí puse «cotesto», y esto me llena de tristeza. Conoces los pingüinos? Cuidado, muerden! No te escribo más, y te envío un largo beso largo en el lomo de la alta marea.

Pablo

tontatontatontatontatontatontatontatontatontatonta
tontatontatontatonta

---

* Destinataria: Albertina Azócar, una de la inspiradoras de los *Veinte poemas...* pero que rechazó reiteradamente las proposiciones matrimoniales del poeta. El citado es su hermano Rubén Azócar, escritor.

DOS CARTAS A SU HERMANA LAURA

1

Santiago, 27 de noviembre [1932]

Querida Laura: He estado hasta ahora esperando recibir noticias y saber cómo sigue mi mamá, pero parece que Uds. creen que yo puedo adivinar. Me causó una inmensa alegría pensar que pudo resistir la operación. Es un verdadero milagro, y espero que estará bien de ánimo.

Una ocupación para Rodolfo resulta difícil buscar antes que Alessandri se haga cargo del gobierno. Entonces trataré de hallar algo en Temuco, a pesar de que yo no tengo verdaderamente influencias; pero trataré de hablar a algunos amigos.

Aquí hace mucho calor, y espero tener antes de poco licencia para ir al Sur. He visto varias veces a Jorge Mason y a la Carmela. La Leontina y Yayo se fueron de la casa. Yayo se va a casar y está muy pobre. He tratado de conseguirle un empleo pero no he podido.

Me encontré con don Artemio Ovalle que está muy pobre.

No te puedo mandar libro para la Escuela porque tendría que comprarlo y no tengo mucha plata. La vida en Santiago está cada vez más cara.

Muchos abrazos a mi viejita querida, saluda a mi papá. Tu hermano

Ricardo

2

París, 29 de agosto de 1950

Querida hermana: Te escribo para darte nuestra dirección, que es como sigue:

Mme.
Delia del Carril
38, Quai d'Orléans Paris IV, France

Quiero que me digas si recibiste carta de Delia puesta en Barcelona y por qué no le has contestado. También te pedí varios encargos: sobre una mona que está en Casablanca, y el barquito de Valparaíso, y debes decirme qué hay de todo eso. Cuéntame cómo están el jardín y la casa de la Isla. Mándame algunos recortes porque nadie me manda nada.

En fin: comunícales mi dirección a los amigos para recibir más cartas de Chile. Estaremos en ésta hasta que te escriba de nuevo y te dé otra dirección y será por mucho tiempo. Dime si le entregaste el libro a Lola, porque uno era para ti y el otro para que se lo entregaras a ella. Tengo aquí muchos libros, quiero mandártelos directamente a ti, dime a qué dirección, y donde te causen menos trabajo para llevarlos, porque serán paquetes que te mandaré semanalmente.

Delia y yo te abrazamos. Queremos tener una fotografía del teatro de la casa del bosque. Almita Hübner de Aparicio te manda muchos saludos.

P. y D. (con letra de Pablo)

A SU MAMÁ (LA MAMADRE)

Santiago, 22 de mayo de 1932

Querida mamá, cuánto hubiéramos querido estar con Ud. hoy para abrazarla en el día de su santo. Aquí le mando un mate, para que se acuerde de mí mateando. La Maruca me encarga abrazarla y desearle toda la felicidad a que Ud. tiene derecho, mi queridísima mamá.

Yo no tengo nada de nuevo. El puesto en el Ministerio hay que agradecerlo: sólo trabajo 2 horas al día, y es sólo por un tiempo, hasta que se produzca uno mejor que me han prometido darme. Le doy de nuevo mis abrazos más estrechos y espero que le guste el mate. Saludos al papá y a todos,

Neftalí Ricardo

A SU PADRE (SOBRE SU HIJA ENFERMA)

Señor
José del C. Reyes
Temuco

Consulado de Chile en Madrid, 25 de agosto de 1934

Querido papá: El día 18 del presente nació nuestra hija que lleva los nombres de Malva Marina Trinidad, en homenaje a mi querida mamá. No me he apresurado a comunicarle la noticia porque todo no ha andado muy bien. Parece que la niña nació antes de tiempo y ha costado mucho que viva. Ha habido que tener doctores todo el tiempo y obligarla a comer con sonda, inyecciones de suero, y con cucharadas de leche, porque no quería mamar. Hubo momentos de mucho peligro, en que la guagua se moría y no sabíamos qué hacer. Ha habido que pasar muchas noches en vela y aun el día sin dormir para darle el alimento cada dos horas, pero el médico nos dice recién que ya no hay peligro, si bien la criatura necesitará mucho cuidado. Pienso que como yo también di mucho cuidado, podremos criarla. Dentro de veinte días más se comenzará a darle aceite de bacalao, como a mí me hacían tomar, y que es la única salvación de los niños raquíticos.

La niña es muy chiquita –nació pesando sólo 2 kilos 400 gramos– pero es muy linda, como una muñequita, con ojos azules como su abuelo, la nariz de Maruca (por suerte) y la boca mía. Todo el mundo la encuentra muy linda y pronto le mandaré una fotografía. Por supuesto que la lucha no ha terminado aún, pero creo que se ha ganado ya la mejor parte y que ahora adelantará de peso y se pondrá gordita pronto.

Maruca ha estado muy bien. No tuvo grandes dolores y su parto duró sólo una hora y media. Ha quedado muy bien y mañana ya se levantará. Se ha acordado mucho de Ud., de mamá y de Laura, y siente que estén tan lejos y no puedan ver a la nieta.

Yo –como siempre– me lo llevo errante, en busca de un lugar donde quedarme y que me convenga para mucho tiempo. Ahora estoy en Madrid en comisión de servicio, pero es muy posible que me quede en ésta de Cónsul. Así es que Uds. pueden escribirme a Madrid, y yo les anunciaré cuando el Gobierno acuerde en definitiva dónde dejarme. Tanto viaje, y más con las preocupaciones de la enfermedad de Maruca, los cambios de casa y de ciudad, no me permiten escribirles con la tranquilidad que yo quisiera, pero no quiero que tomen esto por ingratitud, que yo los tengo mientras viva en el recuerdo, y si no les escribo es que nada me pasa. Madrid es una gran ciudad pero en muchos conceptos [no tiene] ni la sombra del adelanto de nuestra capital. También aquí están en constante revoltura política y se lo llevan a tiros, pero no se alarmen por eso cuando lo lean en los diarios, porque cuidamos muy bien de no estar ni cerca de los balazos.

Pero aquí tengo un magnífico campo para mis trabajos literarios y muchos amigos españoles, de los más famosos de España, que me quieren y me admiran mucho. Inmediatamente me han publicado en las revistas y un libro saldrá este otro mes. Así es que estamos muy contentos, ya que parece que las cosas se aclaran y que la niñita se va mejorando también.

Cómo ha pasado Ud. el invierno? Aquí en este tiempo termina el verano, que ha sido terriblemente caluroso, más que en Chile, y comienza en estos días el otoño. Cuando me acuerdo del mes de septiembre en Temuco, de los duraznos en flor me dan ganas de volver a verlos a Uds. y a jugar al volantín.

Muchos recuerdos a mi tío Abdías y tía Glasfira, como también a Mario, su señora, y los demás primos. Abrazos a mi abuelito, a Rodolfo, Teresa, Raúl, y a los amigos que pregunten por mí. Reciban Ud. y mamá el abrazo devoto de su hijo que los recuerda y los quiere

Ricardo Neftalí

Postdata manuscrita por Maruca:

Mis queridos padres y Laurita: Siento tanto que Uds. no puedan ver a su nieta y sobrinita. Es tan linda como un angelito y somos muy orgullosos de ella. Pero es todavía muy débil y tenemos que cuidarla mucho. Tengo que criarla cada dos horas. Con la próxima carta mandaremos unas fotografías de nuestra hija. Me siento muy bien. Y cómo están Uds.?

Espero que Uds. nos escribirán muy pronto. Un abrazo y mucho cariño de su hija y hermana

Maruca

CARTA AL POETA PEDRO PRADO

Temuco, enero de 1923

Pedro Prado:

Estoy ya, desde hace tiempo, en Temuco. Llueve, llueve. Debiera haberle escrito antes pero me da vergüenza no poder decirle casi nada de *Alsino*, que acabo de leer. Por qué diablos me pasa esto? Me gusta extrañamente, volveré a leerlo en estos días, y no sé decir qué es lo que me gusta. Sin embargo creo ser un lector inteligente. Debe ser el temor a decir vulgaridades o algo parecido. Además de los cantos del Alsino, me parecen incomparablemente bellos los capítulos "Una mañana de primavera" y "En el verano silencioso".

No le escribo más. Temo quitarle tiempo. Además voy a copiarle mis últimos versos. Son del libro *Poemas de una mujer y de un hombre*.

Tengo grandes esperanzas en lo que escribiré.

Prado, si usted puede escríbame, yo se lo agradezco grandemente.

Pablo Neruda

Temuco
Casilla 65

A UN PRESIDENTE DE LA REPÚBLICA

Señor Presidente
de la República de Chile
Salvador Allende
Santiago de Chile

París, 6 de septiembre de 1972

Mi querido Presidente Salvador:

Como los presidentes tienen tan poco tiempo, te mando una proposición editorial que también comunico al Ministro de Educación. Lo hago porque hay mucha discusión sobre las ediciones de mis libros en Chile y quiero poner término a ellas en la forma siguiente: que el Estado (Ministerio de Educación u otro organismo) publique una edición de un millón de ejemplares de una *Antología popular** de mi poesía. Tanto el editor Losada (propietario del *copyright*) como yo, renunciamos a toda utilidad y derechos de autor respectivamente siempre que esta edición no se ponga en venta de ninguna manera, sino que se regale enteramente entre la población escolar, los sindicatos y las fuerzas armadas. Como yo llegaré justamente el 15 de noviembre próximo, la orden para hacer tal impresión debe impartirse de inmediato, de tal manera que la edición esté lista y entreguemos ambos libros en una ceremonia pública. Si estás de acuerdo, te ruego converses con el Ministro

---

* Esa *Antología popular*, de 128 páginas, se imprimió en noviembre de 1972, con prólogo de Allende. En nota inicial se explica que el poeta y su editor (Losada) renuncian a sus derechos de autor y que "este libro no puede ser puesto a la venta".

de Educación o con la persona que creas la más autorizada y activa.

Naturalmente que sería una obra de no más de 100 páginas y en papel económico para abaratar su costo. Me gustaría que llevase un prólogo tuyo o que se volviera a poner como prólogo las magníficas palabras de tu mensaje a la ocasión del Premio Nobel.

Un abrazo fraternal y sobre todo lo demás que no alcanzo a decirte en mi carta, ADELANTE SIEMPRE.

Pablo Neruda

IV
DISCURSOS PARLAMENTARIOS

AUMENTO DE SUELDOS DEL PROFESORADO

Sesión en miércoles 31 de octubre de 1945.
El señor Videla: —Continúa la discusión general del proyecto
sobre mejoramiento económico del profesorado.
El señor Alessandri Palma (Presidente). —Ofrezco la palabra.

....

*El señor Reyes**

He oído en esta Sala no sólo críticas al financiamiento del proyecto que discutimos, sino también palabras graves sobre la actuación del magisterio chileno, palabras que en este momento no puedo olvidar al fundamentar mi voto, que es y quiero que sea un homenaje al heroico magisterio de Chile.

Durante largos años en otros países y en especial en los de habla española, he visto llegar a miles de maestros normalistas de Chile a ocupar situaciones de privilegio entre los del extranjero. He visto universidades formadas por nuestros maestros en países como Costa Rica y otros de Centroamérica; he visto a nuestros maestros colocados en elevadas posiciones en países que honran a nuestra América, como Colombia, por ejemplo. En Venezuela he tenido ocasión de ver misiones de maestros chilenos que han dejado el nombre de Chile escrito con vibrantes letras en la cultura venezolana. Me ha tocado asistir al triste espectáculo de que en

_____

* Reyes, pues aún no se reconocía Pablo Neruda como su único nombre legal.

el Honorable Senado de Chile se hayan pronunciado las palabras "incapacidad", "desorden", con respecto a los maestros que honran no sólo a nuestra patria, sino a América. En México he visto, Honorables colegas, la estatua, no a un guerrero chileno, sino a una maestra rural que desde su forma de bronce ilumina la conciencia mexicana.

Por eso, señor Presidente, mi voto es un homenaje al magisterio chileno, es un homenaje a su oscura labor, que representa el sentido chileno por su modestia, por su paciencia, por su eficacia, por su cultura y, sobre todo, por el desarrollo cívico y de conciencia política que ha adquirido en los últimos años y que honra al magisterio de toda nuestra América*.

---

* Para satisfacer la posible curiosidad del lector: el resultado de esa votación fue de "21 votos por la afirmativa, 5 por la negativa y 2 abstenciones, por pareo".

HOMENAJE A GABRIELA MISTRAL

(Sesión en martes 20 de noviembre de 1945)
El señor Alessandri Palma (Presidente). —Tiene la palabra el
Honorable señor Reyes.
El señor Reyes. —Señor Presidente:

El Partido Comunista de Chile me ha acordado una distinción particularmente honrosa en mi condición de escritor, al pedirme expresar nuestra alegría y la del país entero por haber recaído este año la más importante recompensa literaria internacional en nuestra compatriota Gabriela Mistral.

Nuestro pequeño país, este primer rincón del mundo, lejano pero primordial en tantos sentidos esenciales, clava una flecha purpúrea en el firmamento universal de las ideas y deja allí una nueva estrella de mineral magnitud. Cuántas veces apretados junto a una radio escuchamos en la noche limpia del norte o en la tumultuosa de la Frontera la emocionante lucha de nuestros deportistas que disputaban en lejanas ciudades del mundo un galardón para nuestra antártica bandera. Pusimos en esos minutos una emoción intensa que unía desde el desierto a la Tierra del Fuego a todos los chilenos.

Ese premio mundial, esa ventana para mirar al mundo y para que por ella se nos respete, lo ha conquistado el espíritu. Y nuestra capitana es una mujer salida de las entrañas del pueblo.

Gabriela Mistral –ayer lo dijo María Teresa León, heroína española–, "nombre de arcángel y apellido del viento", es en su triunfo la vindicación ejemplar de las capas populares de nuestra nacionalidad. Ella es una de esas maestras rurales o aldeanas, elevada por la majestad de su obra y combatida por todos los problemas angustiosos que acosan a nuestro pueblo.

Sin dejar de ver por un minuto la excepcionalidad de su fuerza interior, pensemos cuántas pequeñas Gabrielas, en el fondo de nuestro duro territorio, ahogan sus destinos en la gran miseria que infama nuestra vida de pueblo civilizado.

Gabriela lleva en su obra entera algo subterráneo, como una veta de profundo metal endurecido, como si las angustias de muchos seres hablaran por su boca y nos contaran dolorosas y desconocidas vidas. (...)

Debo también celebrarla como patriota, como gran amadora de nuestra geografía y de nuestra vida colectiva. Esta madre sin hijos parece serlo de todos los chilenos; su palabra ha interrogado y alabado por todo nuestro terruño, desde sus extensiones frías y forestales hasta la patria ardiente del salitre y del cobre. Ha ido alabando cada una de las sustancias de Chile, desde el arrebatado mar Pacífico hasta las hojas de los últimos árboles australes. Los pequeños hechos y las pequeñas vidas de Chile, las piedras y los hombres, los panes y las flores, las nieves y la poesía han recibido la alabanza de su voz profundísima. Ella misma es como una parte de nuestra geografía, lenta y terrestre, generosa y secreta.

Aquí nos habíamos acostumbrado a mal mirar nuestra patria por un falso concepto aristocrático y europeizante. Aún persiste un aire dudoso de comparación hacia las grandes culturas, una comparación estéril y pesimista. Recuerdo haber oído de un gran escritor en Francia: "Mientras más local un escritor es, más universal se presenta al juicio universal". Gabriela nos honra ante el mundo porque comienza por honrar a Chile dentro de sí misma, porque, como Vicuña Mackenna, vive en preocupación de toda su tierra, sin compararla, sin menospreciarla, sino plantándola y fertilizándola con esa mano creadora, poblándola con ese espíritu hoy iluminado por la gloria.

Busquemos en nuestro país todas las plantas y los gérmenes de la inteligencia. Levantemos la dignidad de nuestra patria dando cada día mejores condiciones a nuestro pueblo abandonado y esforzado, para que la Gabriela pueda repetirse sin dolores y para que el orgullo que hoy compartimos todos los chilenos nos haga, en este día de fiesta nacional, limpiar la casa de la patria, cuidar a todos sus hijos, ya que desde la alta y hermosa cabeza arauco-española de Gabriela Mistral, los ojos del mundo bajarán a mirar todos los rincones de Chile.

3

DERECHOS POLÍTICOS DE LA MUJER

Sesión en martes 10 de diciembre de 1946.
El señor Alessandri Palma (Presidente). —Tiene la palabra el
señor Reyes.
El señor Reyes. —Honorable Senado:

Me corresponde intervenir en este debate, haciendo uso de la palabra en nombre del Partido Comunista, justamente cuando una eminente educadora, conocida en el país como una personalidad de brillante inteligencia y estimada en todos los sectores por su seriedad y rectitud, María Marchant, militante de nuestro partido, es designada para la Intendencia de la Provincia de Santiago. Por primera vez en nuestro país y en el continente, una mujer llega a un cargo de esta naturaleza (...) Permítanme, Honorables colegas, que en la persona de esta educadora y luchadora que llega a tan alto cargo, rinda fervoroso homenaje a la mujer chilena, que se dispone a participar en las grandes batallas del pueblo por el porvenir de nuestra patria.

Por cuarta vez en los últimos treinta años llega al legislador una iniciativa encaminada a corregir una injusta desigualdad política y todo permite suponer que en esta oportunidad habrá de ser aprobada en el Parlamento la ley que concede derecho a voto a la mujer.

Corresponde el honor de haber firmado la primera iniciativa, en 1917, al Diputado Conservador, don Luis Undurraga. En 1939, presentado un nuevo proyecto a la Cámara

Pablo Neruda esencial

de Diputados, éste no alcanzó a ser discutido siquiera. Finalmente, en 1941, el malogrado Presidente don Pedro Aguirre Cerda presentó un tercer proyecto.

Ahora hemos comenzado a discutir un proyecto que ha sido evidentemente mejorado por la Comisión respectiva, lo que revela la excelente disposición de los miembros de ella a favor del voto femenino. Por otra parte, me han antecedido ya en el uso de la palabra varios Honorables Senadores de diferentes partidos, quienes han aprobado ampliamente el proyecto.

....

En 1877 nuestro país fue la primera nación hispanoamericana que permitió el ingreso de la mujer a la universidad, en igualdad de condiciones que el hombre. Los primeros abogados y médicos mujeres que hubo en América Latina fueron, pues, chilenas.

En la V Conferencia Panamericana, celebrada en Santiago en 1924, nuestro país suscribió una recomendación en favor del voto femenino. Chile fue, igualmente, uno de los primeros países de América Latina en levantar las incapacidades civiles más notorias que colocaban a la mujer en un nivel inferior respecto del hombre dentro de nuestra legislación y fue uno de los primeros también en conceder el derecho a voto a la mujer en las elecciones municipales.

Más recientemente, al firmar los acuerdos de Chapultepec, Chile se pronunció a favor de varias reivindicaciones económicas, políticas y sociales de la mujer.

Sin embargo, debemos reconocer que, a pesar de esta línea progresista que ha seguido nuestro país, nos han aventajado con mucho las Repúblicas de Santo Domingo, Cuba, Panamá, El Salvador, Colombia y Uruguay.

En Cuba y Uruguay la mujer ha llegado ya hasta el Parlamento como representante del pueblo (...)

No puede caber duda alguna, pues, de que el derecho a voto de la mujer en este período histórico de nuestra patria habrá de tener una enorme trascendencia para el curso progresivo de su desarrollo económico, político, social y cultural, y constituirá un ejemplo digno de seguirse para los demás pueblos hermanos del continente.

....

El reconocimiento de derecho a voto a favor de la mujer tiene, para nuestro país, gran importancia como lo demuestran los hechos.

El 51 por ciento de la población de Chile pertenece al sexo femenino. El 30 por ciento de la población activa del país está constituido por mujeres que trabajan en la industria, en el comercio, en la educación, en la agricultura, en la Administración Pública, etc.

Al lado de estas cifras, resulta absurdo que en las elecciones de 1945 votaran solamente 419.930 ciudadanos, o sea, el 70 por ciento de los inscritos, vale decir, el 8,4 por ciento de la población total del país.

Según estadísticas de 1943, terminaron los estudios de escuela primaria 10.165 niños y 10.449 niñas, terminaron la enseñanza media 1.228 varones y 974 señoritas y el número de mujeres que hacían estudios universitarios alcanzaba a 1.590. Estos datos demuestran, por su paralelismo, que el nivel de preparación entre hombres y mujeres es y sigue siendo cada día más semejante, lo que da mayor abundamiento a las razones que asisten a la lucha de la mujer por el reconocimiento de su derecho a participar activamente en la vida política de la nación.

Grande será, pues, la victoria que la mujer chilena va a obtener al aprobarse la ley, pero estamos seguros de que no se harán ilusiones con ella, es decir, que no dan por terminadas sus luchas.

....

Con todo, este derecho, que ahora habrá de reconocérsele a la mujer, será de gran beneficio para la República, porque se doblará el número de ciudadanos que se preocupen de los asuntos públicos y que intervengan en ellos. Obligar a la mujer a estudiar, a analizar los problemas nacionales, a fin de contribuir honrada y patrióticamente a la lucha por darles una solución justa y conveniente. La nueva situación le permitirá salir, al menos en parte, del estrecho ámbito de las preocupaciones domésticas y habrá de enriquecer más su espíritu.

El derecho a voto permitirá a la mujer algo que es justo de toda justicia: intervenir en la dictación de leyes que ella misma tiene que cumplir y en el establecimiento de impuestos que también ella debe pagar como parte importante de un pueblo que sufre hambre y miseria y que anhela la conquista de mejores condiciones de vida y de trabajo.

La aprobación de esta ley abre a la mujer el camino para nuevas conquistas: el derecho de ser elegida, incluso para el cargo de Presidente de la República.

....

V
CRONOLOGÍA, O
UNA BIOGRAFÍA POR ARMAR

I

Desde el seno materno hasta los Veinte poemas de amor

1903   En Parral, el 4 de octubre, contraen matrimonio José del Carmen Reyes Morales, hijo de un conocido agricultor de la zona, y Rosa Neftalí Basoalto Opazo, profesora que en 1889 solicitara traslado de una escuela rural a la ciudad, aduciendo mala salud.

1904   El hijo de ambos nace el 12 de julio y lo llaman Ricardo Eliecer Nefatlí. Recién ha cumplido dos meses cuando, el 14 de septiembre, muere la madre. El niño es amamantado por la señora María Luisa Leiva, que criaba un hijo de parecida edad.

1905   Al enviudar, José del Carmen Reyes piensa en Trini-
        dad Candia Marverde, de Temuco, con quien unos
        diez años atrás habían tenido un hijo, llamado Ro-
        dolfo, y cuya existencia habían mantenido en secre-
        to. Ahora el viudo le propone legalizar esa antigua
        relación.

1906   José del Carmen se casa en Temuco con Trinidad,
        quien recibe al pequeño con especial cariño. Rodol-
        fo continuaría, por el momento, al cuidado de una
        señora llamada Ester, en Coipué.

*Neftalí
a los dos años.*

1907   Entre la muerte de Rosa y su matrimonio con Trini-
        dad, José del Carmen había mantenido otra relación
        amorosa, con Aurelia Toldrá, fruto de la cual el 2 de
        agosto nace su hija Laura. Aurelia vivía en Talca-
        huano, pero se trasladó a San Rosendo, donde vivió
        su embarazo y tuvo a la niña.

1908   Una fotografía fechada este año muestra a Neftalí con su padre en Parral, en alguna de esas visitas familiares que sugiere un poema a su abuelo José Ángel Reyes: "De cien años de edad lo estoy viendo..../ y aún entraba en los trenes, para verme crecer, / en carro de tercera, de Cauquenes al Sur".

1909   Un año importante en la formación afectiva de Neftalí, pues mientras otros niños de cinco años juegan con hermanos, él pasa los días en casa con la "dulce mamadre", esperando que llegue "el padre brusco".

1910   "En este año memorable entré al liceo", dice Neruda. Memorable, por ser el año del centenario de la República. Y memorable sigue siendo para el liceo de Temuco que el poeta haya cursado allí su educación primaria y secundaria completas. Con todo derecho hoy se llama Liceo Pablo Neruda.

1911

Neftalí Reyes en su segundo año escolar.

1912   Lejos de su hogar y de su comprensión infantil, sucede algo que pronto cambiará su vida: Aurelia Toldrá le exige a José del Carmen una definición sobre su hija, que hasta entonces ha vivido un total anonimato.

1913   El padre conversa la situación con Trinidad y viaja con Neftalí a San Rosendo, le presenta a Laura, le explica que es su hermana, y regresan con ella a Temuco, donde la paciente Trinidad acepta inscribirla en su libreta de familia, como Laura Reyes Candia.

1914   Con seguridad la guerra de este año no sería materia de estudio para alumnos de quinta preparatoria, pero sabían de ella por sus compañeros de apellidos franceses, ingleses o alemanes, cuyos parientes solían enrolarse en esos ejércitos de sus antepasados.

1915   El 30 de junio, cuando aún tiene diez años de edad, escribe su primer poema: *De un paisaje de áureas regiones / yo escogí / para darle querida mamá / esta humilde postal. / Neftalí.* A esta mamá la llamará luego *mamadre*, "nunca pude decir madrastra" a ese "ángel de mi infancia".

1916   Cursa el primer año de humanidades, donde tiene por compañero de banco a Gilberto Concha Riffo, que medio siglo después, conocido por su seudónimo Juvencio Valle, se convertiría en el Premio Nacional de Literatura 1966.

1917   18 de julio: en el periódico *La Mañana* –fundado y dirigido en Temuco por Orlando Mason- aparece la primera publicación de Neftalí Reyes, que recién ha cumplido trece años: es una prosa titulada "Entusiasmo y perseverancia".

1918   Figura por primera vez en una publicación de circulación nacional: el 30 de noviembre aparece su poema "Mis ojos" en la revista *Corre-Vuela*, de Santiago, la que seguirá acogiendo sus colaboraciones.

1919   Poco después de cumplir quince años, le publican por primera vez una fotografía: en la revista *Asteroides*, organizadora de los Juegos Florales del Maule, con sede en Cauquenes, en los que ha ganado el tercer premio y una mención honrosa.

Neftalí Reyes en Asteroides.

1920   Visita a Gabriela Mistral, nombrada directora del Liceo de Niñas de Temuco, quien lo acoge con afecto e interés en su naciente obra. Adopta el seudónimo Pablo Neruda; es elegido presidente del Ateneo del Liceo y prosecretario de la Federación de Estudiantes de Cautín.

Con su último curso en el Liceo de Temuco.

1921   En marzo llega a Santiago a estudiar francés en el Instituto Pedagógico de la Universidad de Chile. Gana el Primer Premio de Poesía en la Fiesta de la Primavera, organizada anualmente por la Federación de Estudiantes.

1922   Hace más activa su participación en la revista *Claridad* y en la federación. Realiza una lectura pública junto a Joaquín Cifuentes Sepúlveda y Alberto Rojas Giménez, a cuyas prematuras muertes dedicará sendos poemas en su libro *Residencia en la Tierra*.

1923   Publica su primer libro, *Crepusculario*, aparecido con el sello de Editorial Claridad, en homenaje a esa revista estudiantil, aunque fue hecho en una imprenta privada y financiado por el autor.

1924   Un mes antes de cumplir veinte años, Editorial Nas-
       cimento le publica *Veinte poemas de amor y una
       canción desesperada*. La rápida popularidad alcan-
       zada con ese libro lo hace merecedor a un título que
       es hora de reconocerle: haber sido el estudiante
       más famoso en toda la historia de Chile.

Con su hermana Laura, que guardó celosamente su poesía
adolescente.

II

Desde Residencia en la Tierra hasta el destierro

1925   Revista *Claridad* Nº 132 publica su poema "Galope
       muerto", que luego encabezará *Residencia en la Tie-
       rra*, libro que sería el gran impulso de su prestigio
       internacional. También éste figura como el año de
       impresión de su libro *Tentativa del hombre infinito*,
       aunque en realidad sólo apareció en librerías al año
       siguiente.

1926   Se publica la única novela del poeta: *El habitante y su esperanza*, por Nascimento, editor que, según dice el autor en el prólogo, le solicitó ese relato. La misma editorial publica este año la segunda edición, definitiva, de *Crepusculario*.

1927   Es designado cónsul ad honorem en Rangún, Birmania. Alarga tanto su viaje de ida que puede considerarse su primera gira internacional: visita Buenos Aires, Río de Janeiro, Madrid, París y otras ciudades. Ya en Oriente conoce y mantiene un apasionado romance con Jossie Bliss, con quien convive un tiempo.

1928   Comienza el año visitando Indonesia, China, Japón y Singapur. A fines de año es designado cónsul de elección en Colombo, capital del entonces Ceilán, hoy Sri Lanka.

1929   Reencuentro y separación definitiva con Jossie Bliss, que inspira "Tango del viudo" y es aludida en otros poemas de *Residencia en la Tierra*. Participa en el Congreso Pan-Hindú, realizado en Calcuta.

1930   En mayo es nombrado cónsul de elección en Singapur y Batavia, Java, cargo que asume en junio. Allí conoce y corteja a María Antonieta Haagenar Vogelzanz, una rubia holandesa nacida en Java, cuatro años mayor que él, pero con la misma sensación de soledad, con quien se casa el 6 de diciembre.

1931   Es designado cónsul en Singapur. "En esos sitios lejanísimos embarcaban para Chile yute, parafina sólida para fabricar velas y, sobre todo, té, mucho té. Los chilenos tomamos té cuatro veces al día..." (*Confieso que he vivido*).

1932   En abril regresa a Chile. Tras dos meses de navega-
        ción, recala en Puerto Montt con su esposa javanesa.
        Aparece en Santiago la segunda edición, con texto
        definitivo, de *Veinte poemas de amor y una canción
        desesperada*.

1933   Después de varios intentos de editar en el extranje-
        ro su libro *Residencia en la Tierra* (1925-1931) lo
        entrega a Editorial Nascimento, que en abril publi-
        ca el libro en papel de lujo y sólo cien ejemplares
        numerados y firmados por el autor. En agosto se in-
        corpora al Consulado de Chile en Buenos Aires. Allí
        conoce a Federico García Lorca.

1934   En mayo viaja a España, destinado al Consulado de
        Chile en Barcelona. El 4 de octubre nace su hija
        Malva Marina Trinidad, que padece una enfermedad
        incurable, que la condena a corta vida. El 6 de di-
        ciembre ofrece un recital en la Universidad de Ma-
        drid; lo presenta Federico García Lorca. En casa de
        amigos comunes se conocen el poeta chileno y la
        pintora argentina Delia del Carril, iniciando un apa-
        sionado romance.

1935   En febrero deja Barcelona, "convertido de la noche
        a la mañana y por arte de birlibirloque en cónsul de
        Chile en la capital de España", como resumió las cir-
        cunstancias administrativas que lo llevaron a reem-
        plazar a Gabriela Mistral en ese puesto. Con el sello
        español Cruz y Raya se publica *Residencia en la Tie-
        rra*, completa, en dos volúmenes: I, 1925-1931, y II,
        1931-1935.

1936   Comienza la Guerra Civil española, durante la cual
        fusilan a su amigo Federico García Lorca. Neruda es

destituido de su cargo. Se separa de su esposa javanesa, la que se va con su hija a Montecarlo.

1937   En enero se reúne en París con Delia del Carril. En
abril, con César Vallejo, crean el Grupo Hispanoame-
ricano de Ayuda a España. Su ex esposa se traslada
con su hija a Holanda. Él regresa a Chile y Ediciones
Ercilla publica *España en el corazón* (himno a las
glorias del pueblo en la guerra).

1938   Este mismo año mueren en Temuco su padre, el 7 de
mayo, y su "mamadre", el 18 de agosto. En septiembre, Pedro Aguirre Cerda es elegido Presidente
de la República. En noviembre, Neruda recorre el
país dando conferencias.

Su padre,
José del Carmen Reyes.

Su "mamadre",
Trinidad Candia.

1939   Designado cónsul para la emigración española, con
sede en París, logra despachar rumbo a Chile al *Win-*
nipeg, un barco con refugiados españoles. En no-

viembre visita a su hija Malva Marina, que vive con su madre en La Haya, Holanda.

1940   En enero vuelve a Chile y pasa una temporada en una casa en construcción recientemente comprada en Isla Negra. Allí continúa escribiendo su *Canto General de Chile*, título y proyecto original del *Canto General*. En agosto asume un nuevo cargo en el Consulado General de Chile en Ciudad de México.

1941   En abril le otorga visa para entrar a Chile al gran artista mexicano David Alfaro Siqueiros, lo que le cuesta la suspensión de su cargo, sin sueldo, por un mes. Junto a Delia del Carril visita Guatemala. La Universidad de Michoacán lo designa Doctor Honoris Causa.

1942   En marzo visita Cuba. En mayo, un tribunal de Cuernavaca, México, le confiere el divorcio de su esposa holandesa javanesa. En diversas revistas literarias se publican algunos poemas de *Canto General*, entre ellos "América, no invoco tu nombre en vano".

1943   El 2 de marzo, en Holanda, ocupada por los nazis, muere su hija Malva Marina, que durante su breve vida padeció un mal incurable. De regreso a Chile visita Perú, va a la ciudad de Cuzco y conoce Macchu Picchu. El 2 de julio, en México, contrae matrimonio con Delia del Carril. (Ella tiene 59 años y él 39).

1944   De regreso en Chile comienza la ampliación de su casa de Isla Negra. Obtiene el Premio Municipal de Literatura, por la *Selección* de sus poemas publicada el año anterior por Arturo Aldunate Phillips.

1945   En marzo es elegido senador de la República por las provincias de Tarapacá y Antofagasta. En mayo se le

otorga el Premio Nacional de Literatura. En septiembre comienza a escribir su poema *Alturas de
Macchu Picchu*.

1946   El Parque Forestal en primavera parece el sitio elegido por el destino para que conozca a Matilde Urrutia. Por sentencia judicial del 28 de diciembre, su
único nombre legal pasa a ser Pablo Neruda. Por lo
tanto, es un error decir, como suele ocurrir, que éste sea un seudónimo.

1947   Editorial Losada, de Buenos Aires, publica *Tercera
Residencia*, edición definitiva que reúne *Las furias y
las penas, España en el corazón* y otros poemas. En
octubre, el gobierno de Gabriel González Videla
rompe con el Partido Comunista y Neruda –que en
la elecciones presidenciales había sido su jefe de
campaña– publica una "Carta íntima para millones
de hombres", por la cual se inicia un juicio político
en su contra.

1948   En el Senado, el 6 de enero protesta contra el gobierno en un discurso reproducido después con el
título "Yo acuso". La Corte Suprema lo desafuera y
los tribunales dictan orden de detención. Él y su esposa, Delia del Carril –la "Hormiguita"–, pasan a la
clandestinidad.

1949   Después de meses viviendo oculto, el 24 de febrero
cruza a caballo la cordillera, desde Futrono hacia
San Martín de los Andes, en Argentina. El 25 de
abril sorprende a la prensa internacional aparecien-
do en París, en el Congreso de Partidarios de la Paz.

1950   En abril se publica en México su libro *Canto General*,
ilustrado por los reconocidos artistas David Alfaro Si-

queiros y Diego Rivera. En Santiago se imprime una edición clandestina, con grabados del chileno José Venturelli.

1951   En febrero realiza una gira de lecturas por las principales ciudades de Italia, donde se publica una traducción de su poema "Que despierte el leñador", dedicado a Abraham Lincoln. Viaja por Europa y por Asia. De nuevo participa en diversas actividades en París, Berlín, Moscú, etc.

1952   De regreso en Italia, el gobierno de ese país decretó su expulsión, medida que obligó a derogar la presión intelectual y popular. Se instala en Capri, en compañía de Matilde Urrutia, convertida ya en la mujer que lo acompañaría el resto de su vida. Ella le inspira *Los versos del capitán*, libro que publica en forma anónima, para no herir a Delia del Carril, que todavía es su esposa legal. Por fin en Chile se revoca la orden de detención en su contra y puede retornar a la patria.

III

Desde el retorno hasta la partida...

1953   De vuelta en Chile organiza el Congreso Continental de la Cultura, al que asisten personalidades como Diego Rivera, Nicolás Guillén, Jorge Amado y otros. Pablo y Matilde, la nueva pareja, comienzan la construcción su casa "La Chascona", en un terreno adquirido el año anterior, en las faldas del cerro San Cristóbal que dan al barrio Bellavista.

1954   Con múltiples homenajes y visitas de todo el mundo, el 12 de julio se festejan sus cincuenta años de vida. Como parte de ellos, el día 14 Editorial Losada publica en Buenos Aires *Odas elementales*, y el día 20 el poeta dona a la Universidad de Chile su biblioteca personal y una valiosa colección de caracolas.

1955   En el verano se separa de Delia del Carril y se radica en su casa "La Chascona" junto a Matilde Urrutia, que ha sido su pareja en los últimos años. Nascimento le publica *Viajes*, libro en prosa que reúne sus conferencias. Funda y dirige la revista *La Gaceta de Chile*.

1956   En enero, Editorial Losada publica *Nuevas odas elementales*. El resto del año pasa distintas temporadas en Argentina, Córdoba y Buenos Aires; en Uruguay, en la costa y en Montevideo, y en Brasil. En Estocolmo, Suecia, le publican "El gran océano".

1957   En enero, Losada publica por primera vez sus *Obras Completas*, y a fines de año el *Tercer libro de las Odas*. Viaja, con Matilde, en un largo itinerario por tres continentes. Es elegido presidente de la Sociedad de Escritores de Chile.

1958   Afectado de laringitis, se ve obligado a guardar un largo reposo absoluto en Isla Negra. El 18 de agosto, Editorial Losada publica *Estravagario*, libro que marca un hito en su obra, en cuanto cultiva una tendencia lúdica hasta entonces muy poco visible en su obra.

1959   Larga gira por Perú, Colombia y Venezuela, donde permanece tres meses. Comienza a construir su casa de Valparaíso, a la que llamará "La Sebastiana". Y en poesía, a treinta y cinco años de sus *Veinte poemas de amor*, publica *Cien sonetos de amor*...

1960   Logra pasar todo el verano en Isla Negra, pero ya en marzo está de nuevo viajando. La novedad puede ser un regreso en barco desde Francia a Cuba, donde Casa de las Américas publica en veinticinco mil ejemplares su libro *Canción de gesta*, un homenaje a la "revolución cubana".

1961   Con la edición realizada ese año por Losada, su libro *Veinte poemas de amor y una canción desesperada* completa un millón de ejemplares... Aparece también *Cantos ceremoniales*. El 18 de septiembre inaugura en Valparaíso su nueva casa "La Sebastiana".

1962   El 30 de marzo, la Facultad de Filosofía y Educación de la Universidad de Chile confiere a este ex alumno el honor de recibirlo como miembro académico. El discurso de recepción está a cargo de otro ex alumno, el antipoeta Nicanor Parra. Losada publica la segunda edición, aumentada, de sus *Obras Completas*.

1963   Una traducción al italiano de *Veinte poemas de amor y una canción desesperada* obtiene el Premio San Valentino. La revista *BLM*, de Estocolmo, publica "Neruda", estudio de Artur Lundkvist, académico sueco que ya lo creía merecedor del Premio Nobel.

1964   Adhiriendo a numerosos homenajes por sus sesenta años de edad, entre el 2 de junio y el 12 de julio Editorial Losada va publicando en cinco volúmenes *Memorial de Isla Negra*, colección de poemas que configuran una especie de autobiografía lírica. Se publica también su traducción en verso de *Romeo y Julieta*, de Shakespeare.

1965   El 27 de marzo muere en Holanda su primera esposa, María Antonieta Hagenaar. La Universidad de Oxford le confiere el grado de Doctor Honoris Causa, distinción que por primera vez recibía un sudamericano.

1966   Viaja a Estados Unidos, como invitado de honor a una reunión del Pen Club. Ofrece recitales en Nueva York y la Biblioteca del Congreso, en Washington, y le graban algunos poemas para su Archivo de la Palabra. El 28 de octubre legaliza su matrimonio con Matilde Urrutia. Aparece *Arte de pájaro*, con ilustraciones de Antúnez, Toral, Carreño y Herrera.

1967   A comienzos de este año termina la ampliación de su casa de Isla Negra. El 5 de julio, la Municipalidad de Parral lo declara Hijo Ilustre de la ciudad. Editorial Zig-Zag publica su obra de teatro *Fulgor y muerte de Joaquín Murieta*, que el 14 de octubre es estrenada por el Instituto de Teatro de la Universidad de Chile.

1968   Losada publica la tercera edición de sus *Obras Completas*, que ya requiere dos tomos. En octubre sufre un ataque cardíaco que lo obliga a reposar. Este año es invitado a Argentina, Uruguay, Brasil, Colombia y Venezuela. Es designado miembro de la Academia Norteamericano de Artes y Letras.

1969   La Sociedad de Arte Contemporáneo hace una edición de su libro *Fin de mundo* y Editorial Nascimento publica *Aún*. El 14 de abril es designado miembro honorario de la Academia Chilena de la Lengua. En julio se le diagnostica una enfermedad a la próstata que a la larga resultará fatal.

1970   Losada publica *La espada encendida* y *Las piedras del cielo*. Participa en el Festival Westminster Poetry, de Londres, da recitales en París, asiste al estreno de *Fulgor y muerte de Joaquín Murieta* en Milán, y al Tercer Congreso Latinoamericano de Escritores, en Caracas.

1971   El 21 de enero, el Senado aprueba su designación como embajador de Chile en Francia, puesto que asume el 26 de marzo. Ese mismo mes viaja a Isla de Pascua, a la que dedicará su libro *La rosa separada*. El 21 de octubre, la Academia Sueca le concede el Premio Nobel de Literatura. Es el sexto ganador de lengua española, tercer latinoamericano y segundo chileno.

1972   En enero participa en las reuniones del Club de París, constituido por los países acreedores de Chile. En abril, invitado a Nueva York, pronuncia el discurso inaugural de la reunión del Pen Club. Es hospitalizado y operado un par de veces, por lo que el escritor Jorge Edwards asume interinamente la Embajada de Chile. El 19 de octubre, Neruda dicta una conferencia ante la UNESCO y en noviembre regresa a Chile. El 5 de diciembre recibe un homenaje público en el Estadio Nacional. Losada le publica *Geografía infructuosa*.

1973   El 2 de febrero renuncia a su cargo de embajador. El Departamento de Ecología y Evolución de la Universidad de Nueva York le solicita autorización para dar su nombre a un género de mariposas de América. El día que cumple sesenta y nueve años entrega a Editorial Losada los manuscritos de ocho libros inéditos, los que debían aparecer como parte de los festejos de sus setenta años, en 1974. Aparece la cuarta edición de sus *Obras Completas*, ahora en tres volúmenes. La noticia del golpe militar del 11 de septiembre lo sorprende en su casa de Isla Negra, a la cual llegan los militares mientras él se encuentra en su lecho de enfermo, escribiendo las últimas páginas de sus *Memorias*. El 19 de septiembre es trasladado de urgencia a la Clínica Santa María, de Santiago. Allí fallece en la noche del 23 del mismo mes. Es precariamente velado en "La Chascona", su casa en el barrio Bellavista, que ha sido allanada y sufrido graves destrozos. Sus restos deben ser enterrados provisoriamente, en un mausoleo prestado por la familia Dittborn. Ese funeral representa la primera expresión popular masiva –y única por largo tiempo– después del 11 de septiembre. Matilde Urrutia comienza de inmediato los trámites legales para formalizar la Fundación Pablo Neruda, y a través de ella el rescate de la casa de Isla Negra, en manos del gobierno militar.

1974   El 7 de mayo, los restos del poeta son trasladados al nicho Nº 44 del módulo México del Cementerio General. Con el sello del Círculo de Lectores, de Barcelona, se publica *Confieso que he vivido. Memorias*, edición que sólo logra circular clandestinamente en el país.

1985   El 5 de febrero muere en Santiago Matilde Urrutia. En su viudez había escrito *Mi vida junto a Pablo Ne-*

ruda (Memorias), que en 1986 publicará Editorial Seix Barral, de Barcelona.

1992   Tras un acto en el Cementerio General y una ceremonia en la sede santiaguina del Congreso Nacional, el 12 de diciembre los restos de Pablo Neruda y Matilde Urrutia son trasladados a Isla Negra y sepultados frente al mar, como era el deseo del poeta. Allí pueden verlos miles de chilenos y extranjeros que anualmente visitan esa casa-museo.

[Biografía del autor]

Floridor Pérez (1937) ha ejercido la enseñanza básica en el sur, media en el norte, e instalado en la capital ha sido profesor en la Universidad Andrés Bello, en la Facultad de Derecho de la Universidad de Chile, en la Facultad de Letras de la Pontificia Universidad Católica de Chile y, actualmente, en la Universidad Adolfo Ibáñez de Santiago y Viña del Mar. De su abundante creación literaria es autor, entre otros, de los libros *La vuelta de Pedro Urdemales* (Alfaguara), *El que no corre vuela* (Santillana) y *Gabriela Mistral esencial* (Alfaguara).

Este libro se terminó de imprimir
en el mes de mayo de 2007
en los talleres de C y C Impresores Ltda.,
ubicados en San Francisco 1434, Santiago de Chile.